KB069269

오늘도 급식은 단짠단짠

오늘도 급식은 단짠단짠

누구나 먹어본 적 있지만
아무도 모르는 급식의 세계에서 영양사로 살고 있습니다

김정옥 지음

차례

누구나 알지만,
아무도 모르는 급식의 세계

학창 시절 혹은 회사에서 급식을 먹은 경험이 있다면 사내식당 입구 혹은 배식대나 퇴식구 부근에서 하얀 옷(주로 하얀 옷을 입는다)을 입고 서성이고 있는 사람을 마주친 적이 있을 것이다. 눈썰미 좋은 사람이라면 그 사람이 테이블에 앉아 식사하고 있는 사람들을 호기심 어린 눈초리로 바라보고 있다는 걸 알아챘을지도 모르겠다. 내가 바로 그 사람, 영양사(현재는 영양교사)이다.

직업을 영양교사라고 소개하면 "요리 잘하시겠네요!", "가족들 건강은 걱정 없겠네요" 하는 반응들이 이어진다. 저학년 초등학생에게서 "의사 선생님이 왜 급식실에 있어요?” 하고 귀여운 질문을 받은 적도 있다. 이렇게 궁금해하는 사람들에게 나는 영양사의 실체(?)를 간단하게 설명해 주지만, 한편으론 영양사라는 직업이나 역할이 세상에 제대로 알려지지 않은 것 같아 안타까웠다. 물론 이해도된다. 보통 사람들에게 영양사란 급식을 먹기 위해 줄을서다가 지나가는 길목에서 마주치는 사람에 불과하니까.

급식을 먹는 사람은 모두 나에게 ‘고객’이다. 이 소중한고객들에게 묻고 싶은 것이 사실 너무 많다. 우리 사내식당에서 준비한 음식이 입에 잘 맞는지, 가장 맛있는 반찬은 무엇인지, 오늘 나온 음식 중 손이 잘 가지 않는 건 무엇인지, 음식 간이 전체적으로 싱거운지 혹은 짜게 느껴지는지, 개인적으로 급식에 자주 나왔으면 하는 음식은무엇인지……. 하지만 식사하러 온 고객들을 방해하지 않기 위해 그저 할 수 있는 건 사내식당 입구에서 인사를 건네며 고객들의 반응을 살피고, 퇴식구에 가서 잔반이 얼마나 남았는지 확인하고, 종종 급식과 관련된 설문조사를하고 이벤트를 진행하는 정도다.

그래서 이 책을 쓰기로 했다. 사내식당 안팎에서 스쳐지나가는 하얀 옷의 그 사람이 과연 어떤 사람이고, 배식대에서 식판에 담아주는 음식들에는 어떤 흥미진진한 스토리가 담겨 있는지, 배식대 너머 스테인리스 조리도구가 분주히 움직이고, 어딘가에선 국이 끓고 김이 모락모락 피어나는 가운데, 흰색 모자와 장갑을 착용한 채 일사불란하게 움직이는 사람들의 세계에서는 어떤 사건들이 벌어지는지 이야기하고 싶었다.

당연한 말이지만, 급식은 영양사인 내가 세상과 소통하는 방식이자 수단이다. 급식을 통해 사람들을 만났고, 급식을 통해 세상을 이해했고, 급식을 통해 기쁨과 슬픔 그리고 보람과 분노를 느꼈고, 급식을 통해 내가 어떤 사람인지 돌이켜 볼 수 있었다. 이 책은 궁극적으로는 매일 수많은 사람들의 끼니를 책임지는 나의 일상이자 인생 이야기이다.

음식으로만 한정 지어 인생을 살펴보자면 나는 지금까지 반전과 아이러니를 거듭하며 드라마틱한 삶을 살아왔다. 어린 시절 가공식품에 길든 탓에 굉장히 심하게 편식을 했다. 김치는 냄새조차 참을 수 없어 친한 친구와 밥을 먹더라도 김치가 있으면 테이블을 따로 앉아야 할 정도였다. 초등학교 시절 급식시간은 허기를 달랠 수 있는 즐거운 식사시간이자, 고학년 선도부의 잔반 검사를 통과해야 하는 고통스러운 시간이기도 했다.

그랬던 아이가 하루 수천 명의 식사를 준비하는 영양사가 되었다. 지난 9년 가까이 대기업의 영양사로 일했고, 이후로 지금까지 4년째 초등학교에서 영양교사로 일하고 있다. 영양사와 영양교사로 일하다 보면 과연 내 직업의 정체성에 의심이 들 때가 자주 있다. 한정된 예산에 맞추기 위해 이리저리 궁리하며 식단을 기획하며 백 원 단위까지 숫자를 체크하다 보면 행정직 사무원인 것 같고, 고객과 조금이라도 소통하기 위해 사내식당을 배회하며 눈인사라도 맞추고 있으면 영업사원이 된 것 같고, 급식 관련 설문지를 만들고 어떤 이벤트를 할지 궁리하고 있으면 기획자가 된 것 같다. 영양사와 조리사, 조리원 등 직군은 다르지만 한자리에서 호흡을 맞춰야 하는 사람들 사이에는 자주 언쟁과 갈등이 빚어진다. 그 사이에서 갈등을 조정하고 팀워크를 다지려면 배려와 통솔력을 갖춘 노련한 정치인이 되어야 할 때도 있었다.

그래도 가장 중요한 업무는 영양가 높으면서도 맛있는 식사를 고객들에게 제공하는 일이다. 하지만 이 일은, 솔직히 고백하면 불가능에 가깝다. 사람마다 좋아하는 음식이 다르고 맛에 대한 감각이 다르다. 급식 관련 설문조사지의 통계를 봐도 알 수 있다. 누군가는 사내식당의 음식들이 대부분 짜다고 하고, 누군가는 싱겁다며 간을 조정해 달라고 요청한다. 이들 모두를 만족할 수 있는 '절대 입맛'을 구현하는 것은 '뜨거운 아이스 아메리카노'를 만드는 일과 같다.

그럼에도 고객 대부분이 만족할 수 있는 '절대 입맛'을 찾기 위한 노력과 새로운 맛을 찾는 연구는 그만둘 수 없다. 누군가의 입맛에는 안 맞더라도 많은 사람들이 좋아할 맛을 찾는다. 꼼꼼한 성격 탓에 처음 영양사가 되어 일할 땐 맛있다는 말보다 "짜다", "싱겁다", "그냥 배고파서 먹는다"는 말이 가슴에 오래 남았다. 풀리지 않는 고민은 〈우산장수와 짚신장수〉를 둔 어머니의 마인드를 따르기로 하면서 해결책을 찾았다. 맑은 날과 비 오는 날, 동전의 양면처럼 어떤 관점에서 바라보느냐에 따라 상황은 부정적일 수도, 긍정적일 수도 있지 않은가. 모두를 만족시킬 수 없는 영양사의 숙명을 받아들이고, 내가 준비한 메뉴와 레시피에 만족할 많은 사람들을 떠올리기로 했다.

지금도 나는 영양교사와 영양사라는 직업이 좋다. 퇴식구에서 잔반 없이 말끔하게 비운 배식판을 보면 짜릿한 쾌감이 느껴지고, 친구들이나 가족과 모이는 음식점에선 누가 시키지도 않았는데 각자의 입맛과 먹는 양을 고려해서 주문을 도맡는다. 트렌디한 음식을 맛보면 예산이 정해져 있는 우리 학교 급식에 이 음식을 어떻게 반영할지 고민하고, 맛집이라 불리는 곳에 가서 먹은 쌀국수의 육수에는 어떤 식재료가 들어갔는지 추측해 본다. 식품영양학과에 진학한 것도, 영양사가 된 것도 아주 단순하고 소박한 이유 때문이었는데, 사내식당 밖에서도 여전히 이런 습관을 못 버리는 걸 보면 나는 천상 영양사가 맞긴 한가 보다.

　　누구나 한 번쯤은 먹어봤을 급식, 하지만 배식대 너머에선 어떤 세계가 펼쳐지는지 아무도 모른다. 급식을 먹으러 간 사내식당에서 조금이라도 그 세계에 호기심을 느꼈거나 영양사는 왠지 요리에 일가견이 있을 것 같은 친절한 오해(?)를 하고 있는 독자들에게 이 책이 흥미로운 읽을거리가 되었으면 좋겠다. 더 나아가, 많은 사람들의 식사를 책임지는 영양사답게, 세상에 존재하는 수많은 직업 중 어느 한 분야에서 성실하게 살아가는 사람들에게 소박한 위로와 응원을 건네줄 수 있는, 따뜻한 급식 같은 책이 되길 꿈꿔본다.

1장

배식판에
맛있는 꽃을 피우기 위해
새벽부터 영양사는
그렇게 설쳤나 보다

이럴 줄 몰랐다,
영양사도 감정노동자!

스물두 살이란 이른 나이에 대기업 영양사 공채에 합격할 때까지만 해도 나는 영양사라는 전문직에서 경력을 순탄하게 쌓아나갈 거라 생각했다. 4학년 1학기에 조기 졸업과 동시에 취업을 이루어 낸 것에 뿌듯한 기분이 들기도 했다. 가족들과 친척들의 축하를 받을 때까지만 해도 그저 뭔가 인정받았다는 느낌, 부모님께 떳떳한 딸이 된 기분도 들었다. '사원증'이라는 걸 목에 걸자 새삼 직장인이 되었다는 사실을 실감했다. 그리고 얼마 되지 않아 목에 걸린 그 작은 사원증의 무게가 실은 얼마나 무거운지 깨닫게 되었다.

며칠 동안 있었던 회사의 오리엔테이션 마지막 날, 각자 앞으로 근무할 곳을 발령 받았다. 정확히 말하자면 어느 도시인지는 발령 받았지만 아직 사업장(사내식당)은 결정되지 않았다. 신입 영양사는 입사 후 첫 3개월 동안은 선배가 담당하고 있는 다양한 사업장에 지원을 나가 근무하면서 여러 환경에 적응할 수 있도록 교육을 받으라는 의미였다. 그 몇 달 동안 나는 대기업이라는 명성에 가려진 영양사의 현실을 마주하게 되었다.

회사의 규모가 크든 작든 영양사의 업무는 기본적으로 비슷하다. 첫날부터 보존식(-18℃ 이하에서 144시간 이상 냉동 보관하는 음식. 집단 식중독 사고가 발생할 경우 역학 조사를 통해 사고의 정확한 원인을 규명하기 위해 조리·제공한 식품은 매회 1인 분량을 보관함)에 국을 담다가 손을 데이기도 하고, 국을 배식하는 속도가 조금만 지체되면 고객들의 대기 줄이 기하급수적으로 늘어나는 현상을 경험하기도 했다. 또한 부지런히 배식이 오는 사이 100인분의 밥과 반찬이 가득 담긴 수십 통의 바트(음식을 담은 스테인리스 용기)들을 옮기는 일 또한 조리사, 영양사의 직분을 떠나 먼저 발견하는 사람의 몫이라는 것도 깨닫게 되었다.

병아리 영양사로서 현장에서 가장 고역이었던 업무는
바로 식재료 검수와 재고 조사였다. 나는 유독 추위를 많
이 타는 체질인데, 냉동고 검수와 냉동고 재고를 조사하
는 일은 생각만 해도 끔찍했다. 급식소 냉동고는 일반 가
정식 냉동고와는 달리 '워크인 냉동고'라고 해서 걸어다
닐 수 있을 만큼 넓었다. 그 안에 냉동 식재료가 층층이
쌓여 있었다. 보통은 식재료를 아침에 검수하고 오후에는
재고를 조사하는데, 길게는 두 시간 동안 냉동고 안에 있
어야 했다.

냉동고에 들어가는 일이 가장 큰 고역처럼 느껴지던 그
때 그보다 더 심각한, 망치로 뒤통수를 얻어맞은 것 같은
상황을 마주하게 되었다. 크고 작은 경험을 겪으며 업무
에 차츰 적응이 되어갔던, 입사 한 달이 되었을 즈음의 일
이다. 지원을 나간 사업장에서 선임 영양사가 넌지시 말
했다.

"저기, 내가 요즘 결혼 준비 때문에 바빠서 그러는데…
오늘 저녁에 혼자 배식 좀 봐줄래?"

"아, 그러세요? 걱정 말고 다녀오세요."

선임 영양사 없이 처음 맞는 배식이었지만, 걱정이 들

진 않았다. 그동안 배식하는 데 별다른 문제가 없었기에 흔쾌히 대답할 수 있었다. 여느 때와 같이 사무실에서 업무를 보고 있었다. 석식을 배식하는 시간이 5분도 남지 않은 시각에 급식장 쪽에서 익숙한 조리원의 목소리와 낯선 남자의 목소리가 번갈아 들렸다. 언성이 거칠고 크게 들려온 순간 무슨 일이 벌어진 걸 직감하며 사무실 밖으로 뛰어 나갔다.

"무슨 일이에요?"

"영양사님. 점장님(선임 영양사)이 알려준 대로 식권 한 장으로는 한 코스만 선택해서 드셔야 한다고 말씀드렸더니 이분이 대뜸 욕을 하시잖아요."

어이없는 표정으로 나에게 하소연하는 조리원 옆에 미간을 잔뜩 찡그린 남자가 따지듯 목소리를 높였다.

"씨발, 네가 여기 영양사냐? 직원 교육 이따위로 시킬 거야! 내 돈 내고 내 마음대로 못 먹어?"

"죄송합니다, 고객님. 식권 한 장으로 두 코스를 드시면 나중에 오시는 분들 음식이 모자랄 수 있어서요. 기분 나쁘셨다면 사과드리겠습니다. 죄송합니다."

"씨발, 어디 한 번만 이딴 식으로 또 해봐. 그땐 가만 안 있어!"

남자는 욕설을 섞어가며 불평을 쏟아냈다. 솔직히 내가 왜 사과를 하고 용서를 빌어야 하는지 의아했다. 하지만 곧 석식 배식을 문제없이 진행하려면 어쨌든 이 상황을 빨리 무마해야 한다는 생각뿐이었다. 생각지도 못한 황당한 상황을 겪고 나니 심장이 벌렁거려 도저히 석식 배식을 지켜보기가 힘들었다. 이 사건 이후 대책 마련을 위해 본사에서 서비스 교육(CS) 팀장님이 방문해서 조리원을 대상으로 서비스 교육을 진행했고, 식권 한 장으로 두 코스를 선택할 수 없다는 공지는 안내 POP로 대체되었다.

　영양사가 되기 위해 취업 준비에 한창인 친구들에게 봉변과도 같은 일을 겪었다는 이야기는 차마 할 수 없었다. 친구들에게는 배부른 투정으로 들린다는 걸 알았다. 가족에게라도 털어놓고 투정도 부리고 위로도 받고 싶었지만, 대기업에 입사했다며 흐뭇해하는 부모님의 기분을 망치고 싶지 않았다.

　현실 속에서 영양사의 자리가 어디인지를 조금씩 의식하게 된 때가 아마 이 무렵이 아닐까 싶다. 나는 누구나 알고 있는 유명한 기업에 다니는 그럴듯한 '커리어우먼'이 아니라 고객들에게 맛있는 한 끼를 제공해야 할 의무가 있는 사내식당의 영양사라는 점을. 어떤 이에게는 그저 '밥 주는 사람'으로만 보일 수도 있다는 사실을 받아들였다. 그리고 고객과의 갈등이 벌어졌을 때 나에게 상처를 주는 말이나 행동에 동요하지 말자고 다짐했다. 컴플레인을 견뎌내는 것, 이 또한 영양사의 업무 중 하나라고 여겼다.

1년, 2년이 지나가는 동안 함께 입사했던 동기들이 하나둘 퇴사한다는 소식이 들려왔다. 퇴사 이유는 저마다 사연이 있었지만, 마지막 결론에서 목소리는 하나가 되었다.

"지긋지긋한 갑질, 정말 지겨워."

"자존감이 바닥을 쳤어."

"이건 내가 바라던 직장생활이 아니야."

이야기를 듣는 나도 저절로 고개가 끄덕여질 정도로 공감이 됐다. 그렇게 퇴사한 동기들도, 배운 게 도둑질이라는 속담처럼 결국은 다시 영양사가 되어 다른 곳에 자리를 잡았다. 하지만 개중에는 전혀 다른 직종에 도전해서 세계에 발을 내딛은 동료들도 있었다. 가장 기억에 남는 동료는 퇴사 후 1년 동안 노력해서 금융 관련 전문 자격증을 취득해 금융사로 이직한 친구였다. 그 친구는 '밥 해

주는 사람이 아니라, 누군가 해주는 밥을 먹겠다'는 다짐을 했고, 독한 마음을 먹고 그 희망을 실현했다. 그 친구를 만나게 되었다. 그런데 그 사이 친구는 또 다른 스트레스를 겪고 있었다.

"은행 와서 공인인증서 설치해 달라고 하는 사람이 얼마나 많은 줄 아니? 그나마 그렇게 부탁하는 사람은 양반이야. 설치를 본인이 못해놓고 왜 나한테 와서 성질을 부리는 거야."

"에고, 그런 일들이 있구나. 힘들겠다."

"자존감 상실! 영양사 그만둘 때 퇴사 사유를 다섯 글자로 적었는데, 금융권은 더한 거 있지? 영양사는 배식시간에만 고객을 응대하지만, 은행은 문 닫을 때까지 사람을 대해야 한다니까. 진상 고객을 만나면 뇌가 썩는 거 같아."

생각지도 못한 친구의 하소연을 듣고 있자니 가슴이 먹먹해졌다. 어디를 가든, 어느 곳에 취직하든 사람과의 관계에서 벌어지는 갈등은 존재하고, 이를 피할 수 있는 방법은 없다는 사실이 암울하게 다가왔다. 나의 자존감을 잃지 않으면서도 고객을 응대하는 법은 무엇일까? 그 방법이 존재하기는 할까? 열리지 않는 문 앞에 서 있는 것처럼 나 자신이 한없이 무기력해지는 기분이었다.

신입 영양사 시절, 그 당시 가장 큰 고충은 음식이 아닌 사람이었다.

'소태 부장'의 갑질 사건,
긍정 영양사의 변신

영양사란 직업으로 사회에 첫발을 내딛고 보니 내 일상의
다반사는 참는 일이었다. 오늘 조금 더 참으면 내일 더 나
아지지 않을까 하는 막연한 생각으로 스스로를 다독이며
하루하루를 보냈다. 솔직히 견뎌냈다는 말이 맞을 것이
다. 그렇게 3년이 흘렀다.

　그동안 크고 작은 시행착오를 겪으면서 제법 업무에 단
련이 되어 있었다. 내가 담당해야 하는 일 때문에 불안하
거나 부담을 느끼지 않을 만큼 어느새 성장해 있었다. 후
배 영양사도 생겨 내 신입 시절을 떠올리며 도움이 될 만
한 지식이나 정보를 알려주기도 했다.

그렇지만 3년이 지나도록 고객을 응대하는 일은 여전히 힘들었다. 조리실을 나가 배식을 지켜볼 때마다 나도 모르게 몸이 움츠러들었다. 물론 웃으면서 인사를 나눌 만큼 얼굴을 튼 고객도 있었지만, 낯모르는 어느 고객이 나를 보며 손을 들 때면 가슴이 쿵 내려앉았다.

"이것 좀 보세요. 이물질이 나왔어요."

"어머, 죄송합니다. 놀라셨죠. 이물질 수거해서 어디서 나온 것인지 확인하고 고객님께 말씀드리겠습니다."

가장 많이 겪게 되는 컴플레인은 음식물에서 이물질이 발견되는 일이었다. 직장에서 업무에 대한 부담을 내려놓고 허기도 때우고 긴장도 풀 수 있는 점심시간에 음식물 사이에서 이물질을 보거나 입에 넣는 경험은 나도 상상조차 하고 싶지 않은 일이었다. 그런 일이 벌어지면 이물질 게시판을 작성해서 날짜, 음식 메뉴명, 이물질명을 적고 조리원들에게 각별히 주의를 주었다.

간혹 맛에 대한 컴플레인도 있었다. 배식 전, 영양사와 조리사와 조리원이 함께 검식(집단 급식을 위해 만든 음식물에 이상이 있는지 미리 먹어보고 검사하는 일)을 해서 적정 염도와 당도를 확인하지만, 사람마다 미각의 차이가 있다 보니 모두를 만족시키는 맛을 내기가 어려웠다.

맛에 대한 컴플레인은 고객 응대와는 다른, 굉장히 민감한 문제였다. 목소리 큰 한 사람의 입맛에 따라 음식의 맛이 좌우되면 목소리를 내지 않는 다수는 입맛에 맞지 않는 음식을 먹게 될 수도 있기 때문이다. 간과 맛을 바꾸는 것은 늘 신중해야 했다. 모든 사람의 입맛을 각자의 선호에 맞춰 반영할 수 없다는 것은 단체급식을 맡은 영양사에게는 영원한 숙제이기도 했다.

매일 아침식사를 드시러 오는 남성 고객이 있었다. 50대 초반 정도로 보였는데, 함께 온 사람들이 "부장님"이라 부르는 모습을 보고 나는 그의 직급을 눈치껏 알게 되었다. 신기하게도 그가 배식 줄에서 배식대로 가까이 오기만 하면 선배 영양사는 자연스럽게 반대편 식당으로 자리를 옮겼다. 마치 그 고객을 피하는 듯이. 때문에 그 고객이 있는 식당은 늘 내 담당이 되었다. 나는 선배가 왜 도망가듯 그 남자를 피하는지 얼마 되지 않아 알게 되었다.

"에잇, 짜! 이게 국이야, 소태야!"

그 남자, '소태 부장'은 식사를 하고 나서 식판을 퇴식구에 내던지는 것으로 사내식당에서 유명한 사람이었다.

사내식당은 저염을 추구한다. 찌개, 국의 기준 염도를

준수한다. 혹시 저염에 익숙하지 않은 고객을 위해 테이블마다 간장, 고춧가루, 소금, 설탕을 비치해 두기도 한다. 때문에 맛에 대한 컴플레인은 싱겁다는 의견이 다수를 차지했다.

그가 매번 짜다고 화를 내기에 영양사와 조리사, 조리원이 조리실에서 심혈을 기울여 모든 음식을 하나하나 검식해 보았다. 하지만 짠맛을 느끼는 사람도 없었고, 혹시나 싶어 염도계로 측정도 해보았지만 저염 수치가 나올 만큼 음식물은 도저히 짤 수가 없었다. 식사를 마친 고객 몇몇에게 간이 짜지 않는지 확인도 해보았지만 짠맛의 비밀은 도무지 찾을 수가 없었다.

주말에는 사내식당이 한 곳만 운영을 한다. 날씨가 화창하고 포근한 토요일. 영양사들이 교대로 당직을 서는데, 그날은 내 차례였다. 사무실에서 영양사 복장을 갖추고 사내식당으로 총총 발걸음을 옮기는데 먼발치에서 익숙한 목소리가 들려왔다.

"어이, 소태!"

처음에는 누구 목소리인지, 나를 부르는 소리인지도 몰랐다. '내가 잘못 들었나?' 하는 생각을 하며 무심결에 목소리가 들리는 곳으로 고개를 돌려보니 '소태 부장'이 비웃는 듯한 표정을 지으며 나를 쳐다보고 있었다. 그의 곁에 있던 직원도 엉겁결에 의아한 얼굴로 나에게 시선을 주었다.

눈으로 보지도, 손으로 만지지도 않았지만 내 얼굴이 벌겋게 달아오르는 것이 느껴졌다. 수치심과 모욕감이 온몸으로 번져 나가는 기분이었다. 그 와중에도 무시하라며, 참으라며 스스로를 다스리는 내 마음속의 또 다른 내가 느껴졌다. 나는 부글거리는 속을 누르며 못 들은 척, 그가 보이지 않는 척 아무런 반응을 보이지 않고 지나갔다.

기분 나쁜 출근길을 애써 잊고 마음을 추스르며 오전 업무에 임했다. 점심 급식은 별 탈 없이 마무리됐다. 모든 고객의 식사를 마치고 조리실에서 근무하는 영양사와 조리사, 조리원이 모두 한자리에서 늦은 식사를 먹으려는데 어디선가 '소태 부장'이 나타났다. 그는 몇 걸음 되지 않은 거리에 서서 아무 말도 하지 않고 나를 지그시 지켜보았다. 함께 밥을 먹으려던 남자 조리사도 당황하고, 조리원들도 의아한 눈빛으로 그와 나 사이를 오갔다. 그 상황이 너무도 불편했다. 특히 내 왼쪽 가슴팍에 달린 명찰에서 오랫동안 눈을 떼지 않는 그의 시선이 불쾌했다.

잠시 후 '소태 부장'이 자리를 떴다. 그의 입장에서 보면 오전에 자신을 무시하듯 지나쳤던 내 행동을 불쾌하게 여기고 어떻게든 나에게 앙갚음하려는 것인지도 몰랐다.

"저 사람 대체 뭐죠? 짜다는 컴플레인은 참는다 쳐요. 그래도 방금 이건 성희롱 아닌가요?"

함께 앉아 있던 남자 조리사의 명쾌한 목소리에 나도 모르게 정신이 번쩍 드는 것만 같았다. 돌아보니 매번 영양사의 자리에서 고객의 입장을 먼저 생각하고 참고 받아들이는 일이 머릿속에 배어 있었다. 조금 전 그의 눈길이 내 명찰에 닿아 있던 그 시간 동안에도 나는 큰 목소리로 항의하고 싶은 충동을 억누르고 있었다. 명백한 성희롱을 당하고 있는 상황에서도 바보같이 침묵을 하고 있었다니. 뒤늦은 자괴감이 내 몸속을 아프게 방망이질했다.

퇴근하고 월요일 출근하기 전까지 별의별 생각이 머릿속을 떠나지 않았다. 대체 언제부터, 어디서부터 나 스스로를 지키지 못했던 걸까? 영양사로서 내가 지켜야 할 최소한의 의무는 무엇일까? 영양사 옷을 입는 동안 나의 자존감을 지키기 위해서 내가 감수할 수 있는 한계는 어디까지일까? 고민 끝에 다다른 결론은 '최소한의 기본 예의를 넘는 행동을 더 이상 참지 말자'는 것이었다.

가슴팍의 명찰을 한참 동안 쳐다본 행동의 본질은 분명 성희롱의 문제는 아니었다. '나는 이 회사의 부장이고, 너보다 높은 위치에 있는 사람이다. 이제 네 이름을 외웠으니 가만두지 않겠다'는 무언의 협박이기도 했다. 그의 의도가 무엇이었든 그 행동은 상식적이지도 않았고, 최소한의 기본 예의에서 벗어난 것은 확실했다.

월요일 아침, 나는 출근하자마자 선임 영양사에게 토요일에 겪은 일을 이야기했다.

"그 사람이 왜 그랬는지, 무슨 의도로 그랬는지 알겠어요. 하지만 더 이상 참지 않겠어요."

"그런 일이 있었어? 정말 놀랐겠다. 그건 확실히 성희롱이야. 이런 일은 그냥 넘어가서는 안 돼."

선임 영양사에게 이야기를 털어놓는 것만으로도 마음이 한결 가벼워졌다. 선배는 총무팀 고객사 키맨key man(직원식당을 어떻게 운영하고 인력을 어떻게 배치할지 등을 결정하는 데 핵심 역할을 하는 고객사 식당 담당자)과 회의하면서 주말에 있었던 상황, 그리고 사내식당에서 지속적으로 갑질과 폭언을 일삼은 '소태 부장'의 행적을 이야기했다. 고객사의 키맨은 그런 일이 있었느냐며 깜짝 놀랐다고 한다.

점심시간이 되기 전, 키맨이 나를 찾아와 잠시 이야기를 나누자고 했다. 그는 '소태 부장'을 찾아가 사실을 확인했고 내가 느낀 수치심과 모욕감을 전달했다고 한다. '소태 부장'은 그럴 의도가 전혀 없었다며 당황해하면서 곧바로 자신의 경솔함과 잘못을 인정했다고 한다. 키맨은 자신 또한 이런 일이 벌어진 것도 모르고 파악하지 못한 점을 사과하며, 앞으로 이런 일이 벌어지지 않도록 신경을 쓰겠다고 했다.

"그런데 그분이 직접 사과하러 오지 않으시나요?"

"부장님께서 영양사님을 뵐 면목이 없다고, 대신 미안하다는 말씀을 전해달라고 하셨습니다. 저를 봐서라도 이번 한 번만 마음을 푸셨으면 좋겠어요."

"……네. 알겠습니다."

드라마틱한 반전은 없었다. 과연 키맨의 말처럼 그 사람이 진심으로 뉘우친 것인지 의심스러웠고, 당사자에게 사과를 받지 못한 것을 받아들여야 하나 싶은 마음도 들었다. 하지만 양해를 부탁하는 키맨에게 더 이상 목소리를 높일 수 없었다. 그나마 영양사 복장을 입으면 나도 모르게 무조건 참아야 한다고 생각하며 스스로를 억압했던 나 자신을 새롭게 볼 수 있게 되었다는 점, 내 상황을 이해하고 위로와 힘이 되어준 동료들을 떠올렸다.

두 번 다시 떠올리고 싶지 않은 일이었지만, '소태 부장의 갑질 사건'은 나 자신을 온전히 돌아보게 하는, 쓰지만 몸에 좋은 약이 되어주었다. 고객 입장에서 생각하고 참는 것이 영양사라는 직업의 숙명이라고 여기며 나 자신의 자존감까지 내려놓았던 잘못된 '직업적 정체성'을 벗어던지게 되었다. 받아들일 것과 받아들이지 말 것을 구분하자. 또한 고객의 질문과 민원에 적절히 대응하기 위해서는 좀 더 전문성을 겸비한 영양사가 되어야겠다고 다짐했다.

그렇게 생각하고 나니 지금까지 나를 억누르고 있었던 '을'의 굴레에서 벗어나 세상을 좀 더 긍정적으로 바라볼 수 있게 되었다. 그리고 영양사라는 직업에 좀 더 애정을 품을 수 있게 되었다.

최악의 잔반 사태,
순두부쫄면의 빛과 그림자

기업체에서 9년 가까이 근무하면서 수많은 레시피를 섭렵했다. 어느 순간부터 나는 식단을 작성하는 일에 자신감이 붙었다. 영양교사가 되어 학교에 발령을 받고 나서 가장 먼저 한 일은 학교 홈페이지에서 식단 사진과 식단표를 확인하는 일이었다. 돈육불고기, 안동찜닭, 산채비빔밥, 된장찌개, 순두부찌개……. 호불호가 갈리지 않도록 무난한 메뉴가 주를 이루고 있었다. 20년 전 초등학교 급식과 비교해 보면 크림스파게티 정도 추가되었을 뿐 크게 달라져 보이지 않았다.

부임하고 처음 몇 달은 전년도 메뉴를 참고하여 식단을

구성하고 인당량(1인분량)을 익히는 데 신경 썼다. 그 이후에는 어린이들의 입맛을 고려해서 특색 있는 메뉴를 제공하기 위한 식단을 만드는 데 집중했다. 메뉴를 구성할 때 오래된 요리 책자보다는 TV 요리 프로그램, 인터넷에 올라오는 요리 포스팅을 많이 참고하는 편이다. 전통 요리보다 퓨전 요리에 수요가 있어서 최대한 아이들과 교직원들의 기호를 식단에 반영하고 싶었다.

블로그 포스팅을 보다 눈에 들어온 건 '순두부쫄면'이었다. 그 순간 '아, 바로 이거야!'라는 생각이 들었다. 순두부는 우리 전통 식재료이다. 여기에 면까지 곁들이면 실패할 확률이 낮을 것이라 생각했다. 사실 초등학교 급식은 기업체와는 성격이 전혀 달랐다. 초등학교에는 병설 유치원에 다니는 다섯 살배기 어린이부터 여든 살인 시설 주무관까지 굉장히 다양한 연령대가 포진해 있었다. 이 피급식자들의 기호를 충족할 만한 메뉴를 찾는 것은 쉽지 않았다.

순두부는 성인들이 좋아하고, 쫄면은 학생들이 좋아하는 음식인 만큼 순두부쫄면은 모든 연령대가 만족할 만한 음식이었다. 조리사에게 레시피를 충분히 설명했고, 드디어 기다리던 순두부쫄면의 첫선을 보이는 날이 되었다.

그날은 내가 부임하고 나서 기록에 남을 만큼 가장 많은 잔반이 나왔다. 애석하게도 잔반은 대부분 순두부쫄면이었다. 기대와는 전혀 다른 결과에 나는 적잖이 당황했다. 문제는 '면 따로, 국 따로'가 되어버린 데 있었다. 블로그에서 본 순두부쫄면은 바글바글 끓여서 밥과 바로 먹으면 제맛을 느낄 수 있지만, 단체급식에서는 쫄면을 삶아놓고 그릇에 담아두었다가 국을 부어 주기 때문에 양념이 쫄면에 제대로 배지 않았고 국은 국대로 식는 속도가 빨랐다.

배식이 끝나면 인당량을 점검하는 것이 일반적이지만, 잔반이 많을 때는 조리사와 영양교사가 실패한 원인을 함께 분석한다.

"영양 선생님, 이 메뉴는 다음부터 안 내는 게 좋겠어요. 순두부찌개보다 더 안 먹네요."

"그렇죠? 인터넷으로 봤을 때는 맛있어 보였는데, 제가 조리실 여건을 미처 생각하지 못하고 시도한 게 패착이었어요. 기업체에 있었을 땐 라면 조리 기계가 따로 있어서 바로바로 끓여서 면 요리를 제공할 수 있었거든요."

그렇게 급식이 끝나고, 순두부쫄면은 내 요리 레시피에

서 완전히 삭제됐다. 그런데 그게 끝이 아니었다.

다음 날, 아직 어제 겪은 사건의 여운이 가시지 않은 상태에서 무거운 마음으로 출근하고 보니 관리자의 호출이 나를 기다리고 있었다. 어떤 이야기를 들을지 알 것 같기에 발걸음은 더욱 무거웠다. 이미 자체 분석을 통해 원인을 파악했는데, 오늘 다시 확인 사살을 받아야 하는 것이 너무 부담스러웠다.

아나나 다를까, 문을 열고 들어가니 평소와 달리 교무실에는 무거운 분위기가 흘렀다.

"선생님, 부임하신 지 얼마 안 되셨습니다만, 우리 학교 급식의 방향에 대해 이야기를 나누고 싶습니다. 선생님께서 새롭고 다양한 메뉴를 만들기 위해 노력하시는 건 잘 알고 있습니다. 하지만 학생들이나 교직원은 예전 영양 선생님의 메뉴에 익숙하고, 학생들에게도 퓨전보다 한식 메뉴가 낫지 않을까요?"

"전통적인 한식 메뉴를 학생들에게 섭취하게 하는 것은 영양 교육에서 꼭 필요하다고 저도 생각합니다. 하지만 한 달에 한두 번 정도는 학생들의 입맛에 맞으면서도 영양에도 좋은 특색 있는 음식을 제공하고 싶습니다. 물론 어제 순두부쫄면은 제 불찰로 실패했습니다. 하지만 제

마음은 변함없습니다."

　다행스럽게도 학교 관리자는 내 이야기에 귀를 기울일 줄 아는 배려가 있었다. 불편한 마음에서 입을 열기 시작했지만 나는 의견을 충분히 말하고 상대의 이야기도 경청하며 학교 측의 걱정과 염려도 받아들였다. 원만하게 대화를 나누었고, 앞으로 학교 급식을 준비하는 데 분명 도움이 되는 정보도 들었다.

　하지만 그날 밤은 좀처럼 잠이 오지 않았다. 눈을 감은 채 침대에 누워 오전에 관리자와 나눈 대화를 곱씹었다. 예전 근무했던 영양교사의 식단을 참고해서 활용하면 식단을 작성하는 데 들이는 노력은 반으로 줄어들 것이고, 잔반 걱정에서도 벗어날 수 있다. 호기롭게 성장기 학생들의 영양과 입맛을 사로잡을 메뉴를 만들어 보겠노라 말했지만, 과연 그런 날이 오기는 할까? 온갖 상념을 넘나드는 머릿속의 방황은 임용고시를 준비하며 공부했다가 뇌리에 깊이 박혔던 교육사회학의 어느 대목까지 이르렀다.

　문화적 자본과 학업 성취의 관계에 대해 분석한 글이었는데, 빈곤층 학생이 이름 있는 대학에 진학하지 못하거나 학업을 포기하는 이유는 '문화적 자본'의 부재 때문이라고 한다. 문화적 자본, 되뇔수록 이런 단어의 조합만큼

무서운 말이 없는 것처럼 느껴졌다. 경제적 여건이 되더라도 특성 계층에 소속되지 못하면 절대 이룰 수 없는, 신기루 같은 '자본'이 아닌가. 사회적 계층에 따라 말투, 행동, 옷차림뿐 아니라 음식에 대한 취향도 다르다. 해외여행을 자주 다녀본 학생들은 한식뿐 아니라 유럽, 동남아 음식 등에 대한 식견이 높지만, 그렇지 못한 아이들은 낯설어하고 어색해할 것이다.

생각을 너무 멀리 뻗어나간 것인지 모르겠지만, 나는 적어도 내가 급식을 담당하고 있는 초등학교에서만큼은 그런 격차를 조금이나마 줄여나가고 싶었다. 그제야 직장인이 대상인 영양사와 학생, 교직원을 대상으로 급식 업무를 하는 영양교사의 길이 확연히 다르다는 것이 피부에 와닿았다. 직업적 가치관도 확실하게 정립해야 한다는 걸 깨달았다.

다음 날부터 나는 선배 영양교사에게 연락을 해 조언을 구했다. 그리고 전교생을 대상으로 선호하는 메뉴를 조사했다. 어린 학생들은 역시 기존과 다른 새로운 메뉴, 세계 여러 나라의 요리를 맛보고 싶어 했다. 물론 관리자의 염려도 나는 충분히 이해되었다. 나 또한 잔반이 많이 나와

두 번 다시 같은 문제를 일으키고 싶지 않았다. 그래서 새로운 메뉴 개발에 검증 과정을 거치기로 했다. 새로운 메뉴는 시연 조리를 하고 몇몇 어린이들의 평가를 받기로 했다. 그리고 조리사와 나는 맛집으로 인정받은 음식점을 탐방하기로 했다.

다행스럽게도 이후 순두부쫄면 같은 참사는 벌어지지 않았다. 오히려 새로운 메뉴는 학생들에게 인정을 받으며 2년차에는 지역신문에 실리기도 했고, '관자살 콩물 스파게티', '떠먹는 키조개 피자' 같은 새로운 메뉴를 만들어 장관상(해양수산부 주관 '씨푸드 레시피 챌린지' 공모전)을 수상하기도 했다.

새로운 메뉴를 궁리하고 있노라면 가끔 순두부쫄면을 만들었던 그 시절, 그리고 잠 못 이루며 고민했던 그 밤이 떠오른다. 어쩌면 그 메뉴와 그 시간은 영양사에서 영양교사가 되기 위해 내가 겪어야만 했던 통과의례가 아니었을까 싶다. '실패는 성공의 어머니'라는 오래된 명언이 있는데, 따지고 보면 '실패'라는 건 생각하기 나름이다. 나는 '실패' 대신 '도전'이란 이름을 붙이고 싶다. 누군가의 태도와 행동은 '성공'했느냐 '실패'했느냐가 아닌 '해보았느냐'와 '안 해봤느냐'의 관점으로 평가해야 하지 않을까? 순두부쫄면을 떠올리고 열심히 준비했던 그 시간들이 아련하지만 소중한 추억으로 남을 수 있어 다행이다.

빈 그릇에 담긴
최고의 찬사

어릴 적 나는 엄마가 해주신 밥을 늘 한 숟가락씩 남기는 나쁜 버릇이 있었다. 이상하게도 한 숟가락이 남으면 배가 불러서 더 먹고 싶지 않았다. 심지어 나는 또래보다 유독 편식이 심해서 가리는 반찬도 많았다. 그렇게 밥을 잘 먹지 않아 엄마를 속상하게 했던 내가 엄마가 되어보니 엄마가 푸념처럼 했던 말을 자주 떠올리게 되었다.

"딱 너 같은 딸 낳아서 키워봐. 그때 엄마 심정 알게 될 거야."

신기하게도 정말 어릴 적 나와 꼭 닮은 딸은 생후 6개월부터 시작하는 이유식을 거부하는 것으로 엄마의 예언을 실현시켜 주었다. 그렇게 아이와의 밥 전쟁이 시작되었다. 한 숟가락이라도 먹이려고 이유식 책 보고 연구도 하고, 요리 실력이 부족한 탓인가 싶어 시판 중인 이유식을 주문도 해보았지만 좀처럼 나아지질 않았다.

비슷한 또래의 아이를 둔 엄마들과 대화를 하면 늘 '밥'은 빠지지 않는 주제이다. 오늘은 어떤 반찬을 만들기 위해 마트에 장을 보러 가는지, 아이가 잘 먹는 반찬은 무엇인지, 밥 잘 안 먹는 아이한테 어떤 영양제가 좋은지까지 한참을 이야기하다 보면 '밥 잘 먹는 아이가 최고'라는 결론에 도달한다. 인터넷 포털사이트의 검색창에 '밥 잘 먹이는 방법'이라고만 검색해도 수백 개의 포스팅이 주르륵 나타난다. 이 중 반은 육아 선배에게 도움을 요청하고, 반은 육아 후배에게 자신의 노하우를 담은 경험을 알려주는 글이다. 밥이란 대체 무엇이기에 이렇게 엄마들의 마음을 쥐락펴락하는 것일까?

'밥 문제' 때문에 고민하는 영양사와 영양교사가 많다. 회사에서 고객의 불만, 학교에서는 학부모 민원, 관리자의 호출로 의욕을 상실하는 이들이 참 많다. 고민을 털어놓을 데가 없는 이들은 SNS나 영양사 온라인 카페에 힘든 상황과 심경을 토로하기도 한다. 나 또한 유튜브를 개설하고 나서 영양사와 영양교사 들에게 많은 고충을 듣고 상담을 해주었다. 그렇게 몇 년이 되다 보니 자주 듣는 물음이 있다.

"선생님은 영양교사 일을 정말 좋아한다고 느껴져요. 어떻게 하면 저도 그렇게 될 수 있을까요?"

이 물음에는 "지금 영양사, 영양교사의 일이 즐겁지 않은데 버티다 보면 저도 언젠가는 좋아질까요?"라는 의미가 내포되어 있다. "네, 버티면 좋아집니다!" 하고 명쾌하게 대답해 주면 좋겠지만, 사실 이 물음에는 각 질문자들에게 들려줄 답이 정해져 있다.

영양사, 영양교사가 되고 나면 한순간 혼란기를 겪는다. 내 주위에도 그러한 혼란을 겪고 나름의 방법을 찾거나 모색하고 있는 친구가 많았다. 퇴사하고 다른 직군으로 이직해서 이전보다 더 만족스럽게 살고 있는 친구, 영양사를 그만두고 여러 직업을 전전하며 후회하는 친구, 시간이 지나고 영양사 업무에 익숙해지면서 햇병아리 시절을 벗어난 것만으로도 만족하는 친구도 있고, 나처럼 영양교사를 천직으로 느끼는 친구도 있다. 행복하려면, 자기 일에 만족하려면 일상이 즐거워야 한다. 그러려면 하루의 1/3 이상 시간을 보내야 하는 자기 일과 근무 환경이 즐거워야 하고, 일에서 밥벌이 목적 외에 나름 성취와 보람을 느껴야 한다.

영양사가 가장 큰 보람을 느끼는 순간은 언제일까? 바로 잔반이 없을 때이다. 음식을 만든 부모에게 최고의 기쁨이 자녀들의 빈 밥그릇인 것처럼 영양사에게 최고의 찬사는 잔반 하나 없는 빈 식판이다. 가끔은 식사를 마친 고객이 너무 맛있다며 레시피를 알려달라고 해서 나도 모르게 어깨가 들썩이는 경우도 있다. 하지만 정해진 시간 안에 많은 사람들이 밀물처럼 밀려왔다가 썰물처럼 빠져나가는 단체급식소에서 점심시간이라는 한정된 시간에 영양사를 직접 찾아와 인사하는 고객은 굉장히 드물다.

내가 과연 제대로 일하고 있는지, 업무의 성과를 정확하게 수치로 알아볼 수 있는 것이 있다. 바로 '잔반'이다. 잔반은 메뉴를 평가하는 기준이 된다. 잔반량이 얼마나 되는지를 파악하면 음식에 대한 호응도와 인기도를 측정할 수 있고, 그 외 급식을 먹는 고객의 영양 섭취 정도를 평가하고, 조리법과 1인분량을 기존대로 유지할지 수정할지도 검토한다.

보람을 느끼기 위해서든, 성과를 올리고 싶어서든 세상의 모든 영양사는 잔반을 없애거나 최소화하기 위해 노력한다. 단체급식 이론을 배울 때, 마케팅 접근에 의한 메뉴평가 방법에 대해 공부한 내용이 생각난다. 메뉴의 인기도와 수익성을 평가하는 메뉴엔지니어링 기법인데, 인기도와 수익 모두 높은 품목은 급식소의 대표 메뉴인 Stars, 다소 인기는 있으나 수익이 낮은 품목인 Plowhorses, 수익은 높지만 인기가 낮은 메뉴인 Puzzles, 인기도 없고 판매해도 수익이 별로 없는 품목은 Dogs로 세분화한다. Plowhorses는 1인분량을 조절하거나 장식 등 부차적으로 들어가는 비용을 줄여 메뉴를 유지하고, Puzzles는 메뉴표에서 잘 보이는 위치로 옮기거나 가격을 약간 낮추고 친숙한 이름으로 이름을 변경하기도 한다. Dogs는 조금이라도 인기가 있으면 메뉴 가격을 Puzzles 수준으로 올려보기도 하지만 보통은 과감하게 제거한다.

사내식당에서 고객의 선호도만으로 식단을 구성하고 제공할 수 없는 이유는 역시 단가 때문이다. 고객의 불만이 들려오는 원인 중에는 예산 문제로 낮은 단가의 메뉴만 계속해서 편성하면서 벌어지는 문제가 허다하다. 물론 이러한 고충을 감내하기 위해서는 부족한 예산이 충당되어야 하지만, 쓸 돈이 많다고 완벽한 식단을 완성할 수 있는 건 아니다.

영양사 본연의 역할에 충실해야 한다. 무엇보다 급식을 먹는 사람의 입장에서 식단을 오감으로 느껴보고 공감할 줄 아는 능력이 중요하다. 이들에게 점심시간이 얼마나 금쪽같은 시간인지, 이 점심을 먹으러 오기까지 오전 업무 때 어떤 힘든 일을 겪었는지, 배를 곯고 공부하며 점심시간이 오기를 얼마나 기다렸는지를 말이다. 이들에게 급식시간이 얼마나 소중하고 힘이 되는지를 잊지 말아야 한다.

'잔반 제로'의 꿈은 바로 여기에서 시작된다. 경제적·환경적·업무적 여러 관점에서 봐도 잔반이 없다는 건 굉장히 이상적이다. 머릿속에 상상한 대로 식단이 식판에 구현되고 고객이 맛있게 먹고 퇴식구에 빈 그릇이 쌓여가는 광경만큼 나를 행복하게 하는 것은 없다.

소수점 아래까지 내려앉은
영양교사의 고민

대학생 시절, 대학생으로 구성된 자원봉사단에 발을 들여놓은 뒤부터 자주 봉사활동에 참여하게 되었다. 봉사활동은 푸드봉사, 물리치료, 사회복지 등 다양한 분야에서 진행되는데, 식품영양학을 공부하고 있던 나는 3학년 때 대학생 자원봉사단의 푸드팀장을 맡게 되었다. 많은 봉사활동 중 지금도 생생하게 기억나는 봉사는 푸드뱅크 활동이다.

  푸드뱅크란 식품제조업체와 유통업체, 개인으로부터 식품 및 생활용품 등을 받아 경제적 어려움을 겪는 이들을 지원해 주는 단체 혹은 프로그램을 의미한다. 자원봉사단은 유통기한이 임박한 빵 음료수, 포장이 뜯기거나 찌그러져 상품성이 떨어진 가공식품 등을 기증받아 독거노인, 소년소녀가장 등에게 전달했다.

기탁처로부터 식품을 받고, 전달해야 할 가구별로 식품을 골고루 나눈 다음 배달에 나섰다. 나를 포함해 세 명의 봉사단원은 주로 할머니 혼자 살고 계신 집들을 방문했다.

"할머니, 안녕하세요? 푸드뱅크에서 왔어요."

"아이고. 반가운 손님이 오셨네. 봉사활동 하느라 고생들 많지. 반찬이 없어도 밥 한 끼 하고 가. 내가 그냥은 못 보내."

"괜찮아요. 이렇게 반겨주시는 것만으로도 저희가 감사하죠."

할머니는 손녀 같은 우리를 그냥 보낼 수 없다며 기어이 밥을 차려주셨다. 봉사활동 초기에는 이렇게 밥을 얻어먹는 것이 몹시 부담스러웠다. 식사를 챙겨주는 할머니의 마음 씀씀이가 감사하기도 했지만, 어려운 형편에 밥까지 내주시는 모습이 솔직히 불편하기도 했다. 하지만 이런 상황을 몇 번 겪고 나니 오히려 그 마음을 거절하는 일이 되레 할머니를 배려하지 못하는 행동이라는 걸 깨달게 되었다. 그리고 밥을 먹고 나면 좀 더 살갑게 '잘 지내셨는지, 아프신 데 없는지' 물어보며 정서적인 유대감을 넓힐 수 있다는 사실 또한 알게 되었다. 밥 한 끼에 인정을 나눌 수 있는 우리만의 식문화가 지닌 따스한 힘을 느꼈다.

참 아이러니하게도 누군가가 음식물 쓰레기로 버리는 음식은 누군가에게 너무도 소중한 끼니거리였다. 음식물 쓰레기는 이미 오래전부터 전 세계적으로 커다란 문제를 낳고 있다. 자원 낭비를 넘어 지구 온난화의 대표적인 주범이 되기도 했다. 전 세계 음식물 1/7은 쓰레기가 된다고 한다. 우리가 먹는 일곱 끼 중 한 끼는 쓰레기가 된다는 말이다. 머릿속으로만 이해되던 음식물 쓰레기 문제는 푸드뱅크 봉사활동을 하면서 얼마나 심각한지 가슴속에서 받아들이게 됐다.

이듬해 나는 영양사라는 직책을 맡으며 음식물 쓰레기를 줄이는 데 적극적인 방법을 찾아보고 몇 가지 계획을 직접 실행해 보았다. 잔반을 남기지 않으면 쿠폰에 도장을 찍어 주고, 10회를 채우면 선물로 교환해 주는 '잔반 제로' 이벤트는 효과가 가장 좋았다. 영양사 복장을 한 내 사진을 찍어 실제 크기로 입간판을 만들어 '잔반을 남

기지 말아요'라는 글자까지 넣어 퇴식구 옆에 세워놓기도
했다. 일별 잔반 그래프를 만들어 잘 보이는 곳에 만들어
두기도 하고, 잔반량을 돈으로 환산해서 이 금액이면 전
세계에서 기아로 고통받는 아이들에게 얼마나 도움을 줄
수 있는지 시각화해서 표현하기도 했다. '잔반통 없는 날'
을 지정해서 운영하기도 했다.

　잔반을 줄이기 위한 노력도 중요하지만, 단체급식에서
는 그 못지않게 잔식을 줄이는 것 또한 굉장히 중요한 일
이었다. 급식소에서 발생하는 음식물 쓰레기에는 전처리
쓰레기, 잔반, 잔식이 있다. 잔반이란 음식을 먹고 남겨
폐기되는 음식물이다. 잔식은 조리는 했지만 양이 많아
배식하지 않고 남은 음식, 즉 손도 대지 않은 음식을 말한
다. 잔반이야 맛, 개인의 식습관 등 고려할 수 없는 변수
들이 있어 한계에 부딪히기도 한다. 하지만 잔식은 영양
사가 충분히 줄일 수 있다. 음식물 쓰레기를 줄이기 위해
나는 매일 잔식량을 확인하고 1인분량을 재계산해서 발
주서를 발행했다.

　학교에서는 영양교사의 독립된 공간인 영양사무실이 따
로 마련되어 있다. 발주량도 이 자리에서 꼼꼼하게 체크

한다. 하루는 영양사무실에서 컴퓨터가 작동되지 않아 교무실 빈자리에서 발주량을 확인하는 업무를 보게 되었다.

"돈육불고기에 돈전지 불고기용은 8킬로그램, 양파는 1.5킬로그램, 당근은 0.3킬로그램, 표고버섯은 0.3킬로그램, 대파는 0.2킬로그램, 연근조림에 연근은 3킬로그램……."

식단을 작성할 때 정확성을 기하기 위해 혼잣말로 중얼거리는 습관이 있는데, 나도 모르게 교무실에서도 그 말을 읊조리고 말았다. 그 모습을 본 교무행정원이 호기심 가득한 표정을 짓고 나에게 말을 건넸다.

"영양 선생님. 모든 메뉴를 그렇게 하나씩 식재료별로 수량을 적어야 하는 건가요? 14년 동안 근무하면서 점심 때 급식만 먹어봤지, 영양 선생님이 이렇게 소수점 단위까지 음식량을 체크하는 줄은 몰랐네요."

"음식이 남으면 그 양을 확인해서 발주서를 수정해야 하거든요. 수량을 변경하다가 실수로 잘못 기입하면 급식 메뉴가 못 나갈 수 있어서 늘 신경이 쓰여요."

"그렇군요. 이렇게 세세하게 신경 쓰는 줄이야. 보통 일이 아니네요."

그분과 대화하면서 일반인들에게 영양교사의 업무는

전혀 알려지지 않았다는 점을 새삼 깨달았다. 굳이 알려야 할 이유도 없다. 영양사가 되기 전까지 나 또한 이번 주 급식 메뉴가 무엇인지 확인하고 좋아하는 메뉴에 형광펜으로 동그라미를 그리고 그 날을 손꼽아 기다리는 고객이었다.

사실 경제적 효율만 따져도 잔반이 없는 식단을 궁리해야 하지만, 버려지는 자원이 지구를 오염하고 게다가 어딘가에서는 굶주린 사람들이 있다는 사실까지 알게 되니 식단을 계획할 때마다 나도 모르게 어깨가 무겁다. 자본과 경제의 논리가 아니라, 이건 마치 누군가의 인생이 누군가의 인생에 영향을 끼치는 인과因果가 존재하는 기분이다. 그러고 보면 음식이 우리나라 사람들에게 그런 존재가 아닌가 싶다. 실연 혹은 취업 탈락 등 불운한 일을 겪더라도 따뜻한 국물이 든 음식은 당장의 위로가 되고, 밥한 끼 나눈 관계는 왠지 조금은 살가운 사이가 된다. 자원을 조금이라도 아끼면 그 정성이 지구촌 반대편의 누군가에게 따뜻한 한 끼가 될 거란 희망을 품고, 오늘도 고민을 소수점 아래까지 가지고 내려가 본다.

1이 아닌
99에 주목하는 세계

영양사로 근무하다 보면 아주 가끔씩 잊을 수 없는 블랙
컨슈머의 컴플레인을 겪게 된다. 이것도 무슨 법칙이 있
는 것인지, 잊을 만하면 벌어진다. 끔찍하다면 끔찍할 수
있고, 징글징글하다면 징글징글한 상황을 마주하게 된다.
머릿속에서 쉽게 털어낼 수 없는 이런 일들을 겪고 나면
직업에 대한 회의도 느끼게 되고, 대체 영양사란 직업이
뭘까 하고 곰곰이 상념에 빠져들게 된다.

　완벽한 사람이 없듯 완벽한 직업도, 완벽한 직장도 없
다. 어떤 직업이든 장단점은 분명 존재한다. 그런데 심적
으로 많이 부칠 때 내가 하는 이 일의 좋은 점을 떠올리려

고 해도 과연 무엇이 좋은 점인지 쉽게 떠오르지 않는다. 반면 나쁜 점은 순식간에 몇 개가 머릿속에서 아주 선명하게 떠오른다.

영양사 일을 하면서 다른 업종에서 일하는 사람들을 바라볼 때 굉장히 부러웠던 것은 바로 '연차'였다. 물론 영양사도 연차를 쓸 권리가 있지만, 휴가계를 제출하기 위해선 그 전에 머릿속으로 온갖 계산을 해놓아야 한다. 영양사가 연차를 쓴다고 해서 급식을 쉴 수는 없다. 그렇다고 나를 대신해 줄 사람이 있는 것도 아니다.

하루 연차의 달콤함을 위해서는 그날 전후 며칠 동안 쌓이고 밀리는 업무를 각오해야 한다. 며칠 쉴 수 있는 여름휴가도 마음대로 쓸 수 없다. 내가 원하는 날짜에 며칠 동안 쉬는 건 함께 일하는 사람들에게 굉장히 눈치가 보이는 일이다. 때문에 영양사 대부분은 싫든 좋든 사업장의 휴가에 맞춰 휴가를 보낸다.

대기업에서 영양사로 근무하던 시절, 결혼을 하게 됐다. 신혼여행을 위해 자그마치 5일의 휴가를 쓸 수 있게 되었다. 기분이 좋으면서도 한편으론 5일 동안의 식재료 발주를 어떻게 해야 할지 막막하기만 했다. 이런 나를 보며 선임 영양사가 몇 년 전 자신이 겪었던 일을 들려주었다.

"정옥 씨 신혼여행 준비하는 거 보니깐 예전 생각난다. 나도 결혼하기 전에 정말 애먹었어. 하루치 발주만 해도 오후 시간이 훅 지나갔는데, 5일치를 발주하려니까 정말 머릿속이 하얘지더라. 피부 마사지며 머리 손질이 다 뭐야. 난 결혼식 하면 그 전 주에 밤늦게까지 남아서 발주 넣던 것만 기억나."

"휴우. 매일 식재료 재고도 체크하면서 발주 넣어야 하는데, 도무지 여분을 얼마나 잡아야 할지 감이 안 와요."

"우선 매일 쓰는 평균 양념류 발주 재고량만 신경 써. 내가 날마다 재고 체크해서 부족하거나 넘치는 양념류는 조절할게."

"고마워요. 선배."

다행히도 사업체 규모가 커서 선임 영양사의 도움을 받을 수 있었다. 그렇지만 홀로 급식을 책임져야 하는 1인 사업장에서 근무하는 영양사는 마음 편히 휴가를 쓸 수가 없다. '워라밸(work-life balance의 줄임말로 '일과 개인의 삶 사이의 균형'을 의미)'이 몇 년 전부터 직장인들의 관심사이지만, 영양사들에게는 그림의 떡과도 같다. 가끔씩 누군가가 퇴사한다는 소식을 듣게 되면 나도 모르게 마음이 싱숭생숭해진다.

대기업에서 영양사로 근무하다가 두 번이나 퇴사한 동료가 있다. 처음 회사를 그만둔 이유는 자괴감 때문이었다. 그 동료가 근무한 곳은 작은 사내식당이었는데, 하루는 고객이 얼굴을 잔뜩 찌푸리더니 "어이, 여기 식탁 좀 닦아. 더러운 거 안 보여?"라고 소리를 질렀다고 한다. 그녀는 행주를 챙겨 와 식탁을 닦아주면서 머릿속으로는 자기도 모르게 스스로에게 물었다.

'내가 이러려고 대학에서 공부하고, 영양사 자격증까지 따고 여기에 입사한 건가?'

그 후에도 비슷한 상황을 자주 겪게 되자, 그녀는 '이곳은 내가 일할 곳이 아니다'라는 확신을 하게 되었다. 그녀는 고민 없이 회사를 옮겼다. 그 인연으로 우리가 만났다. 우리가 근무한 곳은 홀 조리원만 열 명이 넘을 정도로 규모가 큰 사업장이었다. 식탁을 닦아달라고 요구하는 고객도 없었다. 오히려 고객사에서 영양사와 조리사의 작업 환경과 편의를 생각해 주는 곳이었다. 하지만 직접적인 컴플레인이 없는 대신, 사내 인터넷 사이트에 올라오는 컴플레인이 존재하는 곳이기도 했다.

매일 배식을 하고 나면 사내 인터넷 사이트를 확인하고 컴플레인에 대한 해명 및 대처방안을 마련하고 댓글을 달

아주어야 했다. 고객과 마주하는 배식시간은 날이 갈수록 부담스러워졌다. 사내식당 내부에서도 예민해진 영양사와 조리사 사이의 크고 작은 갈등이 일어나기도 했다. 결국 그녀는 두 번째 사직서를 제출하고 말았다.

그녀에게서 퇴사를 결심한 이유를 들으면서 나는 어느 것 하나 공감하지 않을 수 없었다. 나 또한 배식시간에, 지금 어딘가에서 블랙컨슈머가 음식은 물론, 나와 동료의 일거수일투족을 살펴보고 있을 거란 생각을 하니 몸이 뻣뻣해지고 얼굴에서 미소도 사라졌다.

"정옥아, 넌 안 힘들어? 이 일을 하다 보면 진짜 이상한 사람 만나서 대응하는 것도 일이던데."

"맞아요. 그뿐인가요? 저도 입사 한 달도 안 돼서 이상한 고객한테 쌍욕을 들은 적도 있고, 조리사들이 얼마나 텃세를 부리는지 그거 참는 것도 장난이 아니더라고요."

"너도 그랬어? 넌 영양사란 직업에 만족한다고 해서, 나 같은 일을 많이 겪어보지 않았나 보다 하고 생각했는데……."

내 반응에 그녀는 놀라워했다.

사실 내가 영양사가 되어 처음으로 만난 조리사를 떠올

리면 지금도 마음이 무엇인가에 짓눌리듯 답답해진다. 그 당시에는 퇴근하고 나서도, 주말에도 문득 그 조리사만 생각하면 속이 갑갑해지면서 온몸에서 힘이 빠져나갔다. 검수와 코스별 예상 식수 잡기 등 전반적인 영양사 업무에 노골적으로 불만을 드러내는 그가 너무도 불편했다.

시간이 지날수록 식단을 구상하고 위생과 안전을 관리하는 본연의 업무보다 그와의 관계를 위해 신경을 써야 했다. 조리사의 입장을 듣고 갈등을 해결하기 위해 메뉴 회의도 자주 하고, 티타임도 가져보았다. 다행스럽게도 업무에 대한 고충을 받아들이려는 내 태도가 눈에 들어온 것인지, 차츰 그와의 관계는 어느 정도 적응할 수 있게 되었다.

그렇지만 그와의 관계를 개선해 나가는 동안 내 속은 상처투성이가 되어버렸다. 직장생활이 인생의 전부인 양 퇴근하고 나서도 그가 했던 말과 행동을 되새기며 그를 원망했다가 나를 자책하기를 반복했다. 첫사랑을 할 때 하늘이 핑크빛으로 보인다고들 하지만 내게 그때의 하늘은 온통 잿빛이었다.

이런 와중에 고객의 석연찮은 컴플레인을 마주하게 되면 그야말로 머릿속이 띵해지고 정신이 아득해진다. 나도 주위의 영양사들처럼 힘들다고 속내도 드러내고, 시원하게 사표도 내던지고 싶었다. 한동안 슬럼프에 빠져 있던 나는 아주 사소한 것에서 해결의 실마리를 찾았다.

어느 날 배식시간에 오늘 점심이 참 맛있었다고 인사하는 낯익은 고객을 보며 가슴속 응어리 한 가닥이 슬며시 풀리는 느낌을 받았다. 그리고 주변을 둘러보았다. 사내식당은 고객들로 가득했다.

'지금 이곳에서 식사하는 사람들 중 강력하게 컴플레인을 거는 사람이 과연 몇이나 될까?'

고작해야 한두 명에 불과했다. 그 생각을 하자마자 소수의 사람 때문에 몸이 얼어붙고 억지스러운 미소를 지으며 고객을 응대하던 내가 떠오르며 왠지 모르게 얼굴에 열이 올랐다.

생각해 보면 어떤 일을 하든 사람 사이의 크고 작은 갈등은 존재한다. 나는 갈등이 빚어지는 상황은 객관적으로 살펴보되, 더 이상 감정적으로 받아들이지 않기로 했다. 감정 하나에 휩쓸려 버리지 말자고 스스로를 다독였다. 소탐대실의 교훈은 아주 유용했다.

조리사와의 갈등도, 고객의 컴플레인도 영양사라면 마주해야 하는 숙명과 같다. 영양사라는 직업인으로서 내가 관계 맺은 사람을 100이라고 했을 때 그런 갈등 관계에 있는 사람은 겨우 1이 될까 말까 하다. 나는 1이 아닌 그 뒤에 숨은 99에 집중하기로 했다. 더 이상 1에 불필요한 에너지를 낭비하며 부정적인 기운에 얽매이지 말고, 99를 바라보며 좀 더 긍정적으로 살기로 마음먹었다.

국과 찌개의
기준을 잡아라

우리나라 사람들은 국과 찌개를 정말 좋아한다. 국물이
없으면 밥을 못 먹는다며, 물에 밥이라도 말아먹는다는
사람을 여럿 봤다. 나는 국과 찌개를 즐겨 먹지 않는다.
나트륨이 많은 음식이어서 가급적 적게 먹으려고 노력한
다. 그러다 보니 요리하는 횟수가 자연스럽게 줄어들었
다. 하지만 가끔 맵고 자극적인 김치찌개를 떠올리는 걸
보면 나도 역시 한국인의 DNA를 지니고 있다는 생각이
든다.

급식소의 식단표에서도 심심찮게 볼 수 있는 음식이 바
로 국과 찌개다. 그런데 국과 찌개의 차이는 뭘까? 된장

국과 된장찌개는 무엇이 다른 걸까? 솔직히 영양사인 나조차도 이 작은 사건을 겪기 전까지 한 번도 깊이 생각해 본 적이 없다.

대기업의 영양사로 일하던 시절, 하루는 사내 게시판에 급식과 관련된 글이 하나 올라왔다.

"메뉴명은 찌개인데, 건더기가 너무 적었어요. 원래 찌개가 이런 건가요? 멀건 국같이 느껴져서 실망했습니다. 사내식당에서 제공되는 국과 찌개의 차이점을 도저히 모르겠네요."

익명의 게시판에 남긴 글이었는데 글을 쓴 고객이 1, 2, 3 사내식당 중 어디서 식사했는지, 담당 영양사와 조리사가 누구인지 확인할 방법이 없었다. 고객사 키맨의 도움으로 그 고객이 언제 어디서 급식을 먹었는지 확인할 수 있었다.

설마 싶었는데, 고객은 내가 근무하고 있는 3식당에서 점심을 먹었다. 키맨과 조리사 그리고 담당 영양사인 내가 함께 문제의 원인을 파악하고 개선하기 위한 회의를 했다.

1식당과 2식당의 레시피를 비교해 보고, 배식을 담당한 조리원에게 건더기 양이 부족했는지 확인도 했다. 식재료의 발주에는 문제가 없었지만, 식수 예측에 실패해서 배식량이 부족한 것으로 결론이 났다. 점심은 식사가 총 네 코스로 준비되는데, 찌개 메뉴가 편성된 식단에 예상보다 많은 고객이 몰려 늦게 점심을 먹으러 온 고객에게 건더기 양이 모자랐던 것이다.

원인을 찾았으니 게시판에 올라온 글에 답변을 달고 사과의 말씀도 올렸다. 고객사에서는 찌개와 국의 차이에 대한 설명도 곁들여 주면 좋겠다고 했다. 앞으로 다시는 찌개가 국처럼 느껴지지 않도록 찌개와 국의 국물과 건더기의 비율을 명시화하기를 바랐다. 그래서 어떻게 설명할지 곰곰이 생각해 보았다. 솔직히 국은 찌개보다 국물을 많이 해서 건더기와 함께 떠먹는 음식, 찌개는 국보다 자작하고 간이 센 음식 정도로 생각했다. 보다 전문적인 설명이 필요할 듯 싶어 영양사와 조리사 들에게 국과 찌개의 차이에 대해 물어보았지만, 모두 내 생각에서 크게 다를 것이 없었다.

생각하다가 나는 국어사전에서 국과 찌개의 정의를 찾아보았다.

국: 고기, 생선 따위에 물을 많이 붓고 끓인 음식.

찌개: 고기, 생선에 물을 넣고 자작하게 끓인 반찬.

'음식'과 '반찬'으로 나뉠 뿐, 일반적인 생각과 크게 다르지 않았다. 그렇다면 국물과 건더기 비율을 과연 어떻게 맞추면 고객 입장에서 국과 찌개로 다르게 느낄 수 있을지 테스트를 해보았다. 7:3, 6:4, 5:5, 4:6, 3:7, 2:8까지 양의 비율을 다양하게 설정하고 조리를 해본 끝에 앞으로 국은 국물 6, 건더기 4의 비율로, 찌개는 국물 3, 건더기 7의 비율로 레시피를 맞추기로 했다.

음식에 대한 견해는 사람마다 제각각이라 사실 위와 같은 비율로 조리를 한다고 해도 찌개를 찌개로 받아들이지 못하는 이들도 분명 있을 것이다. 찌개와 국은 어찌 보면 기준이 참 애매하다.

이보다 더 기준 잡기가 모호한 음식들이 있다. 바로 설렁탕과 곰탕이다. 설렁탕은 뼈와 잡고기, 그 밖의 내장으로 국물을 내고, 곰탕은 고기와 양지와 사태 등 설렁탕에 비해 비교적 고급 부위로 국물을 만들어 낸다. 곰탕은 고깃국물이 주를 이루기 때문에 설렁탕보다 국물이 맑은 편인데, 지역에 따라 뽀얗게 우러난 설렁탕 같은 국물인데도 곰탕으로 부르기도 한다.

영양사로 처음 근무했던 급식소에서도 설렁탕과 곰탕을 구분해서 메뉴에 올렸는데, 둘 다 국물이 뽀얗게 조리되어 나와 어떤 차이가 있는지 레시피를 찾아보았다. 하지만 주재료도 크게 다르지 않고, 선임 영양사 또한 레시피 기준에 명확한 차이를 두지 않았다. 식재료나 조리법에 명확한 차이가 없는 이상 식단명을 혼용해서 쓰는 것은 혼동을 줄 수 있다고 판단해서 영양사로 근무를 시작한 이후부터 곰탕에 맞는 식재료를 준비하고 식단표에도 '곰탕'이라 표기한다.

국과 찌개, 설렁탕과 곰탕처럼 살다 보면 모호한 것들을 마주하게 된다. 내게는 '나잇값'이라는 단어가 그러하다. 참 애매하게 느껴진다. 우리가 일상생활에서 흔히들 주고받는 말 중에 "나잇값 좀 해라"라는 말이 있다. 하지만 '나잇값'은 대체 뭘까? 가뜩이나 시대가 급격하게 달라지는 요즘 시대에 나이에 대한 기준은 고정되어 있는 것 같지 않다. 나이에 어울리는 말과 행동을 나잇값이라고 하는데, 10년 전, 20년 전 마흔 살에 대한 기준을 요즘 시대에도 적용할 수 있을까?

서른 중반인 나는 10대, 20대가 그리 오래된 과거처럼 느껴지지 않는다. 가끔 학창 시절 친구들을 만나 이야기를 나누면 학교 다니던 그때 그 감정을 고스란히 느끼기도 한다. 40대, 50대가 되어도 그 느낌은 여전할 거란 생각이 든다.

사실 '나잇값'은 알게 모르게 스스로를 옥죄는 수단이나 새로운 도전을 주저하게 만드는 장벽이 되는 건 아닐까 싶기도 하다.

요즘 내가 한창 흥미를 느끼고 있는 것이 폴댄스다. 수직 기둥에 의존해서 춤과 체조를 결합한 다양한 동작을 하다 보면 몸이 단단해지고 건강해지는 느낌이 참 좋다. 하지만 아직 대중화된 운동이 아니다 보니 낯설어 하는 사람들도 많다. 운동에 관심이 많은 지인들에게 폴댄스를 이야기하며 함께 운동하자고 권유했더니 의외의 답변을 들었다.

"그걸 이 나이에 어떻게 해……."

국과 찌개, 설렁탕과 곰탕처럼 모두를 위해 차이가 명확한 기준이 필요한 레시피도 필요하지만, '나다움'을 가꿔 나가는데 나잇값에 연연할 필요는 없지 않을까? 공자는 마흔을 불혹不惑(유혹에 넘어가 판단을 흐리는 일이 없다)이라고 했지만, 나는 마흔이 되더라도 나다움을 깨우고 성장하는 데 도움이 되는 세상의 모든 유혹을 받아들일 준비가 되어 있다.

2장

최저 비용으로
최상의 맛을 구현하는
능력자는 없습니다.
하지만!

랍스터 급식의
숨겨진 비밀

다른 회사에서 영양사가 아닌 직종에서 근무하는 지인들에게 사내식당의 식단을 한번 봐달라는 부탁과 함께 식판 사진을 가끔씩 받는다. 사진을 살펴보기 전에 나는 먼저 식권 값부터 물어본다. 사실 이렇게 나에게 사진을 보내는 지인들은 백이면 백 모두 숨은 뜻이 있다.

'우리 회사 사내식당 식권 값에 비해 식단이 너무 부실한 거 맞죠?'

영양교사로 일하고 있는 까닭에 식권 값과 식판 사진을 보면 식재료비의 비율을 대략 파악할 수 있다. 그런 관점에서 보면 대부분 지인들이 보내준 식판 사진을 보고 그 사내식당의 식단이 잘못됐다고 말해주기가 어렵다.

식권 값과 식재료비는 동의어가 아니다. 식권 값은 고객이 지불하는 비용이지만, 그 비용이 오롯이 식재료비로 쓰이지 않는다. 예를 들면 3,000원에 식권을 구입했다면 사내식당에서는 2,000원의 식단이 제공된다. 식단가에는 식재료비뿐 아니라 인건비, 경비가 포함되기 때문이다. 직영이 아닌 위탁급식이라면 손익도 남겨야 하기에 더더욱 식재료비의 비중이 줄어들게 된다.

단체급식의 여건이 해가 갈수록 힘들어졌다며 허리띠를 졸라매도 답이 없다고 하소연하는 동료 영양교사들과 영양사들이 늘고 있다. 조금이라도 지출을 아끼기 위해 다듬어진 식재료를 받지 않고 원래 상태 그대로의 식재료를 받아 조리 인력을 투입하여 조리 전 과정까지 떠맡고 보니, 인건비마저 인상되어 딜레마에 빠지는 상황이 되었다.

영양사들의 이러한 고민을 파악한 납품업체에서 맞춤식 제품 개발에 열을 올렸다. 예를 들어 점심 메뉴에 꽁치구이가 들어간다면 꽁치를 미리 손질을 해서 오븐에 바로 돌릴 수 있는 상태로 입고해 주는 것이다. 급식업체 입장에서는 식재료비가 올라가더라도 인건비를 아낄 수 있으니 인건비가 상승한 시기에는 원가가 절약된다. 물론 이 또한 식권 값을 받은 전체 비용에서 아끼는 것인데, 경비는 줄이기 어려운 고정 지출이 대부분이라 정말 허리띠를 졸라매는 심정이다.

식단을 구성할 때마다 예산을 맞추기 위해 치열하게 고민한다. 그러다 보면 '영양'보다 '단가'를 먼저 생각하는 나 자신을 발견한다. 그럴 때마다 내가 과연 행정직 담당자인지 영양사인지 헷갈리기도 한다. 물론 한정된 예산안에서 최고의 식단을 구현해 내는 것이 영양사의 업무라지만, 가끔은 힘이 빠지는 건 어쩔 수 없다.

얼마 전 어느 학교에서 랍스터라는 고급 식재료로 급식을 제공해서 SNS와 미디어에서 큰 화제를 모았던 일이 있다. 이 일이 있고 나서 급식에 대한 일반인들의 기대치가 한 단계 올라간 것을 체감한다. 다만 급식소(사내식당, 학교)마다 식권 값이 다르고 식재료비가 다르다는 사실을 제쳐두고 '랍스터'를 제공하면 유능한 영양사, 그렇지 못하면 무능한 영양사로 평가하는 가시 돋친 댓글을 볼 때마다 마음이 무겁게 내려앉는다.

종종 영양교사들과 만나 대화를 나누다 보면 학교마다

'급식 소리함'에 랍스터를 제공해 달라는 쪽지들을 발견하는 일이 굉장히 많다는 걸 알게 된다. 어린 학생들뿐만이 아니다. 교직원들도 우리 학교에서도 한 번쯤은 랍스터구이가 급식으로 나오는 걸 봤으면 좋겠다는 메시지를 보낸다고 한다.

나 또한 학생들이 '랍스터 급식'을 얼마나 기대하는지 잘 알고 있었다. 선호조사를 하면 늘 랍스터는 1순위 음식이다. 실제로 랍스터를 제공한 적도 여러 번 있다. '랍스터'를 제공하는 날에는 학생들이 저 멀리서부터 잔뜩 신이 난 표정을 감추지 못하고 달려온다. 싱글벙글 웃는 아이들을 보고 있으면 나도 덩달아 기분이 좋아진다. 그럴 때마다 엄마의 마음이 되어 영양도 풍부하고 아이들이 좋아하는 메뉴만 제공하고 싶다.

어떻게 하면 단가를 맞출 수 있는지 방법을 찾는 것도 내 몫이다. 잔반과 잔식을 줄여 음식물 쓰레기로 낭비하는 식재료비를 아껴서 다음 달 식재료비에 더 투입하는 방법이 있지만, 그것만으로 고단가 메뉴를 제공하기에는 턱없이 부족하다.

고단가 메뉴를 제공할 수 있는 현실적인 방법은 두 가

지이다. 하나는 예산을 학교에서 추가적으로 지원받는 방법, 다른 하나는 '조삼모사朝三暮四'의 방법이다.

학교에서 예산을 지원받는 방법은 학교마다 상황이 다르다. 이 방법은 자기가 근무하는 회사와 학교 사정을 아는 영양사와 영양교사가 강구해야 한다. 하지만 급식비를 추가적으로 지원받는 것이 쉬운 일은 아니다. 다른 방법인 '조삼모사'는 간단하다. 랍스터와 같은 고단가 메뉴를 제공하는 대신, 그날 전후로 며칠 동안은 평소보다 단가가 낮은 급식을 제공하는 것이다.

급식소의 운영 여건을 고려하지 않은 고객들의 바람을 반영하게 되면 급식 상태가 부실해질 수밖에 없다. 때문에 급식소 식단가를 초과하는 식단을 제공하려면 머리를 쥐어짜게 된다. 메뉴를 구성할 때 모두 비슷한 식단가로 구성하지 말고, 월 초에는 식재료를 아끼고 월 말에 많이 쓴다거나 특정 요일 하루를 특식으로 구성해서 식재료비를 투입하는 방법으로 좀 더 다채롭게 변화를 꾀하기도 한다.

기업체 사내식당에서는 특히 재계약 시즌에 식재료비에 더욱 신경을 쓴다. 계약을 하고 난 직후에는 오픈 이벤트도 진행하고 설정한 식재료비 이상의 메뉴를 제공한다.

이후에는 조금씩 출혈한 식재료비를 충당하기 위해 지출을 메우며 평범한 메뉴를 제공하다가 재계약 시점이 다가오면 다시금 이벤트와 함께 목표 식재료비를 초과하는 메뉴로 식단을 구성한다. 보통 기업체의 위탁 급식업체의 패턴이 이러하다. 재계약 시즌 때만 되면 유독 메뉴가 잘 나온다는 것을 고객사에서 모를 리 없다. 때문에 기업체에서 근무하는 영양사는 평상시에도 고객들이 만족할 수 있는 메뉴를 개발해야 한다.

나도 기업체 급식소에서 근무할 때 재계약을 하기 위해 1년 전부터 월별 이벤트 진행 및 특식 메뉴를 적절하게 배분하기 위해 궁리했다. 이렇게 저렇게 지출을 줄이려고 해도 방법이 없어 "제발 단가 좀 올려주세요"라는 말이 하루에도 여러 번 가슴속에서 혀끝까지 올라왔다 내려가곤 했다.

젊은 세대 사이에서 많이 쓰이던 '플렉스Flex'라는 단어가 요즘은 뉴스 헤드라인이나 방송 자막에서도 심심찮게 보인다. 재력이나 귀중품을 과시하는 본래 의미와 달리 우리나라에서는 유머코드가 겸비되어 긍정적으로 쓰이고 있다. 상추 가격이 폭등했을 때 상추쌈을 급식으로 제공하고 인스타그램에 사진을 올리자 '오~ 선생님 상추

Flex'라는 댓글이 달렸다. 매번 급식에서 플렉스를 하면 얼마나 좋을까? 하지만 매일 여행을 가게 되면 여행이 플렉스가 될 수 없듯, 결국 플렉스란 제한된 환경에서 이리저리 궁리하고 기발하진 않더라도 새로운 아이디어를 창출해 내야 가능하다.

신기하게도 우리는 월급을 30일로 정확하게 나눠서 하루하루를 똑같이 살아가지 않는다. 평소 달걀프라이와 나물 반찬을 먹다가도 기념일에는 랍스터를 먹는 날도 있다. 특별한 날을 정해놓고 평범한 일상으로 돌아와 열심히 일하고 허리띠 졸라매는 평범한 직장인들처럼, 오늘도 나는 '급식 플렉스'를 선사할 그날을 고대하며 현실적인 식단과 이상적인 식단 사이에서 골머리를 앓고 있다.

식단 '안 돌려쓰기'의 기술

바야흐로 '미식의 시대'이다. 티브이에서는 연일 음식과 관련된 새로운 방송 콘텐츠가 쏟아지고, 방송사마다 음식을 주제로 한 대표 프로그램을 찾아볼 수 있다. 연예인들이 새로운 메뉴를 개발하는 프로그램, 연예인이 숨은 맛집을 찾아가는 프로그램, 이 외에도 관찰 예능을 통해 먹는 방송을 뜻하는 '먹방'으로 스타가 된 연예인도 있다. 이러한 모습은 인터넷 방송으로 가면 더욱 풍성해진다. 먹방 크리에이터가 인기를 끌며 월에 억 소리 나게 수입을 올리고 있다.

　미식 콘텐츠의 열풍을 타고 몇 년 사이 급식에서도 크

고 작은 변화의 흐름이 있었다. 선진화된 급식, 다양하고 새로운 메뉴 개발로 성장하기도 했지만, 여전히 부실한 급식에 대한 사진과 의견이 인터넷 커뮤니티에 올라오기도 하고 언론에 보도되기도 한다.

급식은 외식업과 다르다. 정해진 예산으로 메뉴를 구성하다 보면 사용할 수 있는 식재료가 한정될 때가 많다. 소고기를 제공하고 싶은데, 돼지고기나 닭고기로 변경해야 하거나 스테이크 대신 채소를 섞어 양을 늘린 불고기로 메뉴를 바꾸기 일쑤이다. 영양사로서 연차를 쌓다 보면 아무래도 검증된 메뉴를 선호하기 마련이다. 매달 새로운 메뉴를 구성하지만 어딘가 모르게 저번 달 메뉴와 겹치는 것 같은 느낌을 지울 수 없다.

나조차 어떨 땐 지겹다 하는 생각이 들 때가 있었다. 어떻게든 식단에 변화를 주고 싶었다. 그렇게 하기 위해서는 먼저 타성에서 벗어나야 했다. 나는 스스로를 채찍질한다는 생각으로 매일 식단을 촬영해서 SNS에 올리기 시작했다. 그러다 보니 식판에 담긴 음식의 조화, 영양학적 궁합, 색감, 재료와 조리법의 중복을 한눈에 파악할 수 있었다. 저절로 식단을 연구하고 분석하게 되었다.

식단을 작성할 때도 '자기 복제'를 하지 않기 위해 백지에 식단을 짜기 시작했다. 가장 먼저 새로운 메뉴를 제공하는 날을 정해서 메뉴를 작성했고, 저번 달 메뉴를 참고해서 같은 음식을 반복해서 만들지 않도록 신경 썼다. 단가표와 제철 식재료를 파악해서 다양한 조리법으로 만들 수 있도록 식단을 만들었다.

하지만 '백지 식단 짜기'에도 함정은 있다. 영양사의 식습관이 무의식중에 반영될 수 있다는 문제가 있다. 영양사 본인만 모를 뿐, 급식을 먹는 고객들이 영양사의 음식 취향을 알게 된다.

"또 생선이야? 왜 이렇게 생선이 자주 나오는 걸까?"

"영양사가 생선을 좋아하나 봐."

고객들에게 이런 말을 듣고 상심하지 않으려면 식단을 작성할 때 규칙을 세워야 한다. 우선 백지에 생선, 돼지, 소, 닭, 오리, 계란 등 주재료로 제공될 식재료를 골고루 적는다. 평소 고객들의 선호도 조사의 위력이 이때 발휘되기도 한다. 고객들의 입맛에 맞춰 생선 주 1회, 돼지고기 주 2회 등 메뉴 편성 횟수에 대한 자체 기준을 세우는 것이 좋다.

영양사로 기업체에 입사한 지 몇 달 안 되던 시절, 서로 인사를 할 만큼 친해진 고객에게서 식단에 관한 질문을 받은 적이 있다.

"사내식당 메뉴는 어떻게 짜요?"

"메뉴 짤 때 고려하는 게 너무 많아서 어떻게 말씀드려야 할지 참 어렵네요."

"그럼 제일 먼저 고려하는 게 뭔데요?"

"아무래도 식재료의 중복을 피하는 거겠죠."

"정말요? 어제도 돼지고기, 오늘도 돼지고기가 나왔는데요?"

사실 대기업의 사내식당은 조식, 중식, 야식, 새벽식까지 하루에만도 21코스는 기본이어서 어떻게든 중복되는 메뉴를 피하려고 해도 완벽한 메뉴를 구성하기가 어려웠다. 돼지고기가 싫으면 다른 코스를 선택할 수 있도록 메뉴를 다양화하는 수밖에 없었다.

코스가 많은 급식소는 식재료 중복을 피할 수가 없었다. 매주 1회 고객사 담당자와 세 곳의 식당을 각각 담당하고 있는 여섯 명의 영양사 그리고 조리사 네 명이 모여 치열하게 회의를 했다. 지난달 '신 메뉴 품평회'의 결과를 토대로 메뉴 영양사(주별로 여섯 명의 영양사가 돌아가면서 식단을 구성했다)가 구체적인 메뉴를 준비해 가면, 고객사 담당자가 제철 식재료를 활용한 메뉴를 부탁하고, 조리사는 고객들에게 반응은 좋으나 조리 특성상 시간이 많이 필요한 메뉴에 대한 어려움을 호소하기도 한다. 불고기 전골과 잡채처럼 음식은 다르지만 '당면'이라는 식재료가 중복되는 메뉴도 잡아내어 새로운 대안을 마련하기도 한다.

회의를 마치고 피드백을 반영하여 메뉴를 수정하는 과정을 거치면 몸도, 마음도 지치지만 확실히 식단 작성을 하는 데 많은 도움이 된다. 미처 생각하지 못한 점들을 알게 되고 다양한 사람들의 메뉴에 대한 의견을 수렴하면서 조금씩 노련한 영양사가 되어가는 기분이 든다.

'그 나물에 그 밥'이라는 속담이 있다. 서로 격이 어울리는 사람들이 어울리거나 수준이 비슷하여 기대 이하임을 이르는 말인데, 영양교사인 나는 이 속담이 은유처럼 읽히지 않는다. 타성에 젖은 어느 영양교사의 식단을 떠올리는 건 어쩌면 직업병인지도 모르겠다. 따지고 보면 우리가 살아가는 일상도 크게 변하는 것이 없다. 아침에 일어나 직장에 나갔다가 퇴근하고 집에 돌아오는 행위가 반복되고 있을 뿐이다. 하지만 어제와 오늘이 그닥 다르지 않더라도 우리는 조금씩 변하고 있다. 자신이 맡은 업무가 하루하루 조금씩 진척되고 있고, 평범한 일상에서 벗어나기 위해 퇴근 후에 운동을 하거나 배우고 싶은 것들을 배우며 살아간다. '그 나물에 그 밥' 같은 나날일지라도 '나물'이나 '밥'을 조금씩 바꿔서 마음의 밥상을 차리고 있는 것이다.

영양사와 영양교사가 기존 식단에서 조금이라도 다른 변화를 주려고 노력한다는 건 한편으론 자신의 일에 의미와 가치를 부여하는 일이 아닐까 싶다. 다행히 나와 같은 생각을 가진 이들이 많다는 걸 깨닫는다. 요즘은 많은 영양사와 영양교사가 SNS를 통해 급식소의 식단 사진을 올리고 서로의 레시피를 공유하고 있다. 급식소 대부분 영양사 한두 명이 근무하고 있다 보니, 다양한 의견에 목마르고 자신의 업무에 혹시 부족한 점은 없는지 답답함과 불안 그리고 실력 있고 솜씨 좋은 급식 전문가가 되고 싶은 마음이 인터넷이란 공간에서 만난 셈이다.

다행스럽게도 예전에는 맛의 고수들이 혼자만의 비밀 레시피를 간직하는 분위기였는데, 요즘은 온라인에서 서로 접촉하고 공유하며 응원과 위로를 나누는 분위기가 되었다. 나도 몇 해 전부터 유튜브 채널을 운영하며 식단에 대한 정보, 영양사와 영양교사에 대한 정보와 여러 노하우를 업로드하고 있다. 처음에는 영양사인 지인들의 부탁을 받고 시작했지만, 낯모르는 이들에게 감사하다는 댓글을 받게 되면서 기쁨과 뿌듯함을 느낀다. '나누는 기쁨'과 '선한 영향력'이 맛있는 급식 한 끼로 이어지길 기대한다.

물가 상승률과 입맛 기대치의
불편한 상관관계

물가가 오른다는 뉴스를 좋아할 직업이 있을까? 달가울
리 없는 이 뉴스는 생활인 입장에서도 힘들지만, 영양교사
입장에서는 정말이지 머리를 쥐어뜯고 싶을 만큼 막막하
고 괴롭다. 후식으로 제공하는 과일뿐 아니라 기본 식재료
인 달걀, 대파, 양파 등의 가격이 해가 갈수록 오른다.

그뿐인가, 농축산물 가격에 영향을 받기 마련인 가공식
품도 덩달아 뛰어오른다. 작년과 비슷한 식단을 구성해도
목표 식재료비를 넘어선다. 치솟는 물가는 당연하게도 급
식에 악영향을 끼친다. 급식의 질적 저하를 막기 위한 영
양교사의 다각적인 노력은 필수가 되었다.

기업체 영양사로 근무할 때는 매달 고객사 식당 담당자와 새벽 농수산물 도매시장을 찾았다. 시장조사를 위해 현장을 찾은 것인데, 분주하게 경매가 이루어지는 시장은 그야말로 나에게는 놀라운 세계였다. 해 뜨기 한참 전인데도 시장은 저렴한 가격에 농산물을 구입하려는 사람들로 가득했다.

　사람들은 경매 전부터 물품 상태를 확인했다. 신선도, 크기, 모양을 꼼꼼하게 살펴보았다. 경매에 참여한 사람은 중도매인뿐 아니라 상점 주인, 음식점 사장 등 직업군도 다양했다. 정신없는 손짓과 눈짓 사이 알아듣지 못할 랩 같은 경매사의 현란한 목소리는 경이롭기까지 했다.

　우리가 이곳을 찾는 이유는 우리 업체에서 단가를 책정하는 영업팀 담당자의 사무실에서 회의를 하기 위해서다. 급식소에 납품되고 있는 식재료 단가표와 시장조사가를 비교해서 단가를 조정해야 했는데, 그 자리는 늘 불편하고 어렵기만 했다. 고객사 사내식당에서 근무하는 영양사 입장에서 같은 회사 영업팀의 입장에 설 수가 없었다. 그렇다고 고객사 식당 담당자의 입장에 서기에도 난감했다. 양쪽 모두 내 입장을 잘 이해해 준 덕분에 열띤 토론이 오가는 단가 협상회의에서 나는 그저 자리만 지키는 선에서 참석했다.

영양교사가 된 첫해에 같은 지역의 영양교사, 영양사들과 함께 식재료를 분담해 매달 시장조사를 나갔다. 2년 차가 되었을 때 지역 학교급식지원센터의 급식 실무위원과 운영위원으로 위촉되었다. 그 자리의 중요한 업무는 매달 열리는 실무협의회에 참석해 영양교사들이 조사한 시장조사자료와 납품업체에서 제시한 식재료 단가를 비교해서 협상하는 일이었다. 가령 시장소비자가보다 단가가 더 높이 책정된 식재료가 있으면 단가에 대해 협의했다.

"채소 사장님, 양파가 저번 달보다 많이 올랐네요. 양파는 급식에서 매일 쓰는 식재료인데 너무 많이 올라서 부담됩니다. 조정 가능할까요?"

"안 됩니다. 이번에 태풍 피해로 양파 가격이 폭등했습니다. 시장조사 해보셔서 알겠지만, 시장에서 구입하셔도 이것보다 더 비쌉니다."

"네, 그렇긴 하죠. 급식에서 급등한 식재료를 피해서 메뉴를 구성한다지만 양파는 그럴 수 없고 매일 써야 하는 식재료라서 부탁드리는 겁니다."

"저희도 적자를 보며 장사할 순 없습니다. 이번엔 가격

조정이 어렵습니다. 나중에 양파 물가가 내려가면 다음 실무협의회 때는 반영해서 꼭 내려드리겠습니다. 이번 달은 저희 입장도 이해해 주시길 바랍니다."

"네. 그럼 다음 달에 양파 가격 인하되면 꼭 많이 내려주세요."

회의에서는 대략 이런 말들이 오간다. 급식소에 납품되는 식재료에 대해서 한 품목씩 단가 협상을 하는데, 매달 하면 할수록 책임감이 더욱 무겁게 다가온다. 실무협의회와 운영위원회까지 마무리되면 다음 달 식재료 단가가 결정되는데 물가가 많이 인상된 달에는 평소와 다를 바 없이 식단을 구성하고 발주를 해도 목표 식재료비가 초과되기 마련이다. 그러면 예외 없이 납품업체와 협의해서 단가를 낮출 수 있도록 힘써달라는 같은 지역 영양사, 영양교사 들의 메시지를 받는다.

시장조사는 실무협의회가 열리는 당일에도 실시한다. 사실 납품업체에서 제시하는 식재료 단가가 무리라기보다 적당하다고 느껴질 때가 많다. 납품업체 입장에서 보면 생업인데, 단가를 무작정 낮춰달라고 요구하기도 참 어려운 일이다.

단가를 협상하자고 자리를 마련했다가 생각지도 못한

갑작스러운 변수로 가격이 치솟아, 오히려 현재의 단가보다 더 오르는 일이 벌어지기도 한다. 특히 납품하는 과정에서 채소 같은 식재료는 짓물러지기도 하고, 급식지원센터에서 자체적인 검수를 통해 폐기되는 식재료도 있어 손실률을 예상하고 납품 단가를 책정해야 한다.

물가가 오를 때마다 식재료비를 올리지 않으면서도 급식의 질을 유지하기 위해 이래저래 대안을 마련해 보아도 한계는 분명 있다. 근본적인 대책은 물가가 오르는 만큼 식재료비도 올리는 것이다. 집값도 오르고 땅값도 오르고 교통비도 오르는데, 유독 직장인들의 월급과 급식비는 오르지 않는 것 같다.

사실 급식비가 올라도 딜레마를 피할 수 없다. 몇 년 만에, 그것도 겨우 몇백 원 급식비가 오른 상황에서 반찬 수를 늘려달라, 고기 양을 늘려달라는 요구를 직면한다. 물가상승률만큼 오르면 영양교사도 좀 더 다채롭게 메뉴를 구성할 수 있다. 하지만 급식비 상승률과 고객들의 기대치는 너무 달라 식단을 어떻게 구성해야 할지 머리가 새하얘진다.

이런 일을 겪으면 엉뚱하게도 부모님의 얼굴이 떠오른다. 벌이는 한정되어 있는 상황에서 하루가 다르게 자식

들(오빠와 나)이 성장하면서 생활비의 씀씀이가 커져 나갔을 때 엄마, 아빠의 심정이 쥐꼬리만큼 인상된 급식비로 급식을 질적으로 향상시켜야 하는 나 같지 않았을까 하는 생각이 든다. 그때마다 두 분은 어떻게든 상황을 이겨나 갔던 것 같은데…… 부모님이 축적한 삶의 지혜는 영양교사의 업무 영역에서도 필요한가 보다.

도전과 시련 사이의
메뉴 개발

음식을 만들어 누군가에게 제공해야 하는 일을 맡은 사람
이라면 누구나 새로운 메뉴를 개발하기 위해 노력을 많이
한다. 하지만 단체급식을 책임지고 있는 영양사와 외식업
에 종사하고 있는 셰프가 새로운 메뉴에 접근하는 방법은
굉장히 다르다.

외식업에서 메뉴 개발은 어찌 보면 사업의 성패를 좌우
할 만큼 절대적이다. 음식의 특성에 따라 양념을 오랫동
안 재워놓은 다음 비법 소스로 특화된 맛을 구현하는 맛
집도 있고, '가성비'로 평가받는 맛집도 있다. 이에 비해
단체급식은 새로운 메뉴를 개발하는 데 여건을 먼저 염두

에 두어야 한다. 즉 정해진 시간 안에 제공될 수 있는 음식이어야 한다. 아무리 맛있는 음식이라도 손이 많이 가면 어쩔 수 없이 포기하게 된다.

대기업에 영양사로 입사했을 때는 사업장 규모가 워낙 커서 메뉴를 개발할 수 있는 좋은 여건이 갖춰져 있었다. 덕분에 다양한 경험을 할 수 있었다. 입사 당시에는 ERP 시스템이 도입되기 전이었다. ERP란 'Enterprise Resource Planning'의 약자로 흔히 '전사적 자원관리'라고 한다. 기업 전체를 통합적으로 관리하고 경영의 효율성을 높이기 위한 관리방식이다. 쉽게 말하면 정보를 통합해서 기업의 모든 자원을 최적으로 관리하자는 취지로 만들어진 기업 자원관리, 업무 통합관리라고 볼 수 있다.

급식소(사내식당) 운영에도 ERP 방식이 도입되었다. 이전에는 각 사업장에서 특성에 맞는 메뉴를 만들었지만, 이후에는 메뉴 엔지니어링 부서에서 표준 메뉴를 개발해 ERP 시스템에 구축해서 모든 단체급식 사업장에서 표준화된 메뉴를 사용하게 되었다.

하지만 표준화되었다고 좋은 점만 있는 건 아니다. 급식소에서 고객과 이야기를 나누다 보면 표준 메뉴 개발이 고객들의 요구와 트렌드를 따라가는 데 속도가 느리다는 점을 깨닫게 된다. 예를 들면 음식을 주제로 한 티브이 프로그램에서 등장한 음식을 급식소에서 제공하면 고객들의 호응이 굉장히 좋다. 하지만 이러한 음식을 제공하려면 ERP 시스템에 메뉴를 등록해야 하는데, 내부 결재를 받고 식재료를 준비해서 제공하기까지 빠르면 2주, 늦으면 한 달이 걸렸다. 재고를 관리하고 식재료를 발주하는 데 이 시스템은 굉장히 효율적이었지만, 새로운 메뉴를 제공하고자 노력하는 영양사 입장에서는 아쉬움도 있었다.

사실 사내에 메뉴 개발을 담당하는 메뉴 엔지니어링 부서가 있었지만, 나는 나름대로 메뉴를 개발하는 데 신경을 썼다. 그중 기억에 남는 것은 인도식 카레이다. 이 음식을 특별히 개발하려고 한 이유가 있다.

본사로 출장을 온 인도인 직원이 있었는데, 이 사람은 급식이 도통 입맛에 맞지 않았는지 음식을 남기기 일쑤였다. 온갖 조리법을 동원해서 카레를 만들어 줘도 겨우 입만 댈 뿐이었다. 나뿐 아니라 영양사와 조리사 중 인도에 가서 카레를 먹어본 사람이 없어 본토의 맛을 살릴 수가 없었다.

왠지 모를 오기가 생겼다. 나와 조리사는 부지런히 인

도식 카레 전문 음식점을 찾아다녔다. 인도의 원조 카레는 '마살라'라는 특유의 향신료 맛과 향이 강하게 났다. 하지만 급식소에는 향신료가 없어 인도 향신료를 주문하기 위해 제품을 찾아봤다. 그런데 하루가 지나고, 이틀이 지나도 사내식당에 외국인 직원이 모습을 보이지 않았다. 직원의 행방을 알 리 없는 우리는 이제나저제나 언제쯤 그가 사내식당에 나타날까 기다리고 있는데, 그가 출장을 마치고 본국으로 돌아갔다는 소식을 나중에야 듣게 됐다. 한순간 왠지 모를 서운함과 안도가 마음속에 뒤섞였다.

세 개의 식당을 운영할 정도로 규모가 큰 곳이었기에, 메뉴 개발에도 식당마다 은근한 경쟁의식이 있었다. 매달 식당별로 영양사와 조리사가 함께 두 가지씩 새로운 메뉴를 개발해서 세 식당의 영양사, 조리사와 고객사 담당자가 블라인드 투표로 평가를 실시했다. 어느 식당에서 개발한 음식인지, 개발한 영양사와 조리사가 누구인지 밝히지 않고 오직 맛으로만 공정하게 심사한 것이다. 많은 표를 받은 음식은 표준 레시피를 구축하여 곧바로 사내식당에 제공되기도 했다.

이 테스트를 통해 우리 식당도 '궁보계정'이란 메뉴를

선보였다. 이 음식은 당당히 1등을 차지했고 특식 메뉴로 선정되었다. 궁보계정은 중국 사천 지방의 요리로 닭고기에 땅콩, 고추, 오이, 양파, 생강 등을 조미용 황주, 간장, 설탕, 화초(산초나무 열매로 향이 독특하다)로 맛을 낸다. 제대로 요리하기 위해서는 재료비만 만 원(1인분 기준)이 넘어갔다. 또한 조미용 황주와 화초는 단체급식에서 발주가 불가능했다. 주재료 및 부재료의 인당량 설정과 단가 분석은 영양사인 내 몫이었다. 이리저리 궁리하다가 부재료를 고구마, 호두, 청피망, 적색 파프리카로 바꿔보았더니 맛에 대한 호불호의 편차가 심하지 않고 경비에도 큰 부담이 없는 요리로 탄생하게 됐다.

영양교사가 되어 학교에 근무하게 되면서 이전과 달리 새로운 메뉴에 대한 개발도, 다양한 평가도 기대하기가 어려워졌다. 무상급식 식품비로 품평회를 진행할 수도 없는 노릇이었고, 새로운 메뉴 개발을 위한 예산이 따로 편성되어 있는 것도 아니었다. 자체적으로 메뉴를 개발할 수밖에 없었다. SNS가 널리 활용되고 있다는 점이 스스로 메뉴를 개발해야 하는 나에게 큰 힘이 되었다.

많은 영양사들과 영양교사들을 SNS에서 만나 급식 메

뉴를 공유하고 서로 고민을 나누고 해결책을 마련했다. 많은 메뉴 중 눈여겨 본 것이 '시금치크로크무슈'였다. 삶은 시금치가 들어간 특제 크림에 슬라이스 햄, 슬라이스 치즈, 양파와 다양한 채소와 블랙 올리브, 피자치즈를 듬뿍 올려 구워낸 빵 종류의 음식인데, 일명 '뽀빠이크로크무슈'로 불리기도 한다. 시금치를 먹지 않는 학생들도 맛있게 먹을 수 있고, 호응도 굉장히 좋았다.

이 메뉴를 응용해서 나는 새로운 음식을 만들었다. 바로 '시금치빠네 파스타'였다. 빠네빵 속을 파낸 다음 그 속에 파스타를 넣어 만든다. 파스타 소스는 크림소스를 기본으로 하되, 시금치 분말을 넣어 연한 초록빛이 감돌게 된다.

어린 고객들의 반응은 그야말로 폭발적이었다.

"선생님, 초록색 파스타는 처음 먹어봐요!"

"빵이라 파스타랑 한꺼번에 먹으니까 엄청 맛있어요."

이런 모습들을 보면 영양교사로서 희열을 느낀다. 이 느낌을 잊을 수 없어 새로운 메뉴를 개발하고 싶은 충동이 뜻하지 않게 일어난다. 가족들이나 친구들과 모여 맛있는 음식을 먹으러 갈 때도 영양교사의 레이더는 내가 모르는 사이에 작동을 시작한다. 같은 비빔밥이어도 어떤

재료가 들어갔는지 먹으면서 살펴보고 핸드폰으로 사진을 찍게 된다. 오리백숙 전문점에 가더라도 밑반찬이 어떻게 구성되었는지, 양념이나 간을 어떤 식으로 맞추는지 생각해 본다.

"정옥아, 퇴근시간 됐으면 직업모드도 꺼줘. 넌 맨날 켜져 있는데, 피곤하지 않아?"

맛집으로 소문난 음식점에 가서 음식을 먹다가 눈빛을 돌변한 나를 보며 친구들은 이렇게 묻곤 한다. 솔직히 말하면 피곤한 걸 모르겠다. 친구들이 말하는 그 스위치는 의도하지 않게 저절로 켜져 있으니 내가 어떻게 힘든 걸 알 수 있을까? 그저 '영양교사, 이 직업이 나랑 잘 맞구나. 이 일을 좋아해서 다행이다' 싶은 생각이 든다.

영양사의
자랑스러운 강박

습관은 무엇일까, 나도 모르게 무의식적으로 하게 되는
것? 특정 행동을 하지 않으면 불편하고 찜찜하게 느껴지
는 것이 아닐까? 생각해 보면 우리는 우리가 하는 말이나
행동이 자신의 의지대로 이루어지고 있다고 생각하지만,
의지보다 무의식이 우리를 더 많이 움직이게 하는 것일지
도 모른다.

대기업의 영양사로 10년 넘게 근무하면서 무의식적으
로 생긴 직업적 습관이 몇 가지 있다. 가장 첫 번째로 지
인들에게 인정받는 습관은, 바로 휴대폰 벨소리가 울리는
동시에 받는 행동이다. 통화 연결음이 한 번 울리기도 전

에 받으니 상대방은 당황한다.

"어? 여보세요, 받은 거야? 너 휴대폰 보고 있었어?"

어찌나 초고속으로 전화를 받는지 통화될 때마다 지인들은 이 기술 아닌 기술에 경탄을 내뱉는다. 입사 전까지만 해도 나조차 이런 기술을 터득하게 될 줄은 꿈에도 몰랐다.

조식, 중식, 석식, 야식, 새벽식까지 365일 운영되는 사내식당에서 근무할 때는 전화를 빨리 받는 것도 영양사의 업무였다. 조금이라도 급식 공급에 차질이 생기면 이번 조식은 물론 중식, 석식까지 영향을 받을 수 있기 때문이다. 아무리 퇴근을 했다고 해도 회사에서 걸려오는 전화를 외면할 수 없다.

석식, 야식, 새벽 조에 소속된 조리사(혹은 조리원)에게 밤중에 걸려오는 전화는 보통 식재료의 위치를 묻거나 레시피를 확인하기 위한 것이다. 간혹 식권 자판기가 고장이 나서 혹은 퇴근 후에 갑작스럽게 잡힌 VIP 급식을 위한 메뉴와 식재료를 구입하는 방법을 알려주기 위해 통화하기도 한다.

어느 직장이든 퇴근한 동료에게 연락하는 일은 최대한 지양하려고 한다. 조리사와 영양사의 관계도 마찬가지다.

나는 조리사가 퇴근한 영양사에게 가급적이면 연락하지 않으려고 배려하는 것을 잘 안다. 그럼에도 나에게 연락을 한 건 지금 급식소에서 뜻밖의 상황이 벌어졌다는 걸 의미한다. 식재료 창고를 여러 번 둘러보고 확인해도 식재료를 찾지 못했거나 고장 난 식권 자판기 앞에서 쩔쩔매다가 고객들의 빗발치는 아우성에 어찌할 도리가 없어 나를 다급히 찾는 것이다.

하지만 전화를 받고 나서 도리어 내가 난감해지는 경우가 있다. 식재료를 찾는 전화가 그러했다. 당일 아침에 입고되는 식재료는 보통 석식, 야식, 다음 날 새벽식, 조식, 중식까지 포함된다. 납품 시간은 아침 7시, 검수(물품의 규격, 수량, 품질을 검사하고 받는 과정)를 마치고 나면 보통 8시 30분이 된다. 하루 기준만 잡아도 5,000명분의 21코스가 넘는 메뉴에 들어가는 다양한 식재료가 입고되기 때문에 검수서만 해도 종이뭉치가 되고, 납품 금액만 해도 2,000만 원이 넘는다.

식재료 양이 워낙 방대한 탓에 한 트럭에 올 수가 없어 쌀과 과일을 실은 납품 차량은 따로 있었다. 그러다 보면 업무 도중에 검수를 하러 나가기도 했다. 조리사가 식재료 품질을 봐주긴 했지만, 수량과 품목을 확인하는 건 내 몫이었다. 배송기사가 식재료를 차에서 내려놓는 사이 나는 유통기한과 온도, 수량을 확인하고 사무실로 들어가 전날 급식 운영에 대한 일마감(ERP 시스템을 이용해 식재료비를 확인 및 관리하는 일) 업무를 시작한다. 그동안 조리원이 물품을 식재료 창고에 가지고 가서 정리한다.

때문에 퇴근 후 밤 10시쯤 식재료를 찾는 전화를 받으면 아침에 검수했던 순간의 기억을 꼼꼼하게 끄집어내야 한다. 옥수수캔이 몇 개가 들어왔는지, 너비아니는 몇 봉지를 받았는지 필사적으로 거래명세서의 숫자를 떠올려본다.

입사하고 얼마 되지 않았을 때 이러한 전화는 늘 부담스러웠다. 아무리 그날 하루의 일이라고 하지만 검수한 지 열네 시간이 지난 상황에서 구체적인 숫자를 떠올리고 확인해 주기가 어려웠다. 여러 번 전화를 받게 되자 중요한 식재료는 수량까지 자연스럽게 외우게 됐고, 조리사가 묻는 식재료가 입고되었는지 안 되었는지 정도는 확실하게 이야기해 줄 수 있게 되었다.

"여보세요? 네, 조리사님."

"영양사님, 퇴근하셨는데 전화드려서 죄송합니다. 야식

에 사용할 너비아니가 다섯 봉 필요한데, 냉동고에 네 봉 밖에 없어서요."

"아침에 검수할 땐 분명 다섯 봉 입고됐어요. 냉동고 정리하는 조리원한테 확인해 봐야겠는데요? 혹시 못 찾게 되면 비상 식자재로 미트볼이 한 봉 있어요. 그걸 사용해 주세요."

"네. 감사합니다."

조식조의 조리원이 식재료를 정리해 놓은 걸 야식조 조리원이 찾지 못할 때도 있다. 우여곡절 끝에 창고 구석에서 찾게 되는 일도 있고, 석식조에서 예상보다 급식 인원이 늘어나 급하게 식재료를 당겨 써놓고 제대로 전달하지 않아 야식조에서 발을 동동 구르는 일도 있다. 때문에 언제 벌어질지 모르는 비상사태를 대비해 비상 식자재도 늘 구비해 두었다.

이런 상황을 여러 번 겪다 보니 '퇴근했는데도 직장에서 오는 전화를 받아야 하나?' 하는 푸념조차 나에게는 사치와도 같았다. 24시간 급식이 돌아가는, 그야말로 전쟁터 같은 현장을 생각하면 전화를 빨리 받지 않을 수가 없었다. 간혹 휴대폰 배터리가 방전되거나 샤워하고 나서 조리사에게 전화가 온 것을 확인하면 심장이 콩닥거렸다.

혹시 너무 시간이 흘러 상황을 대처하기가 늦어진 것은 아닐까 불안했다.

휴대폰을 진동이나 무음으로 설정하지 않는 것 또한 자연스럽게 몸에 뱄다. 새내기 영양사 시절부터 전화를 빨리 받아야 한다는 강박이 생기면서, 급식과 관련 없는 전화가 걸려와도 1초 만에 받는 습관이 생기고 말았다.

초등학교 영양교사는 중식만 제공하면 되는 터라 퇴근 후 급식과 관련된 전화를 받을 일이 없다. 영양교사로 근무하는 4년 동안 다급한 연락에서 벗어나게 되니 전화를 늦게 받을 때 심장이 콩닥콩닥 뛰는 증상은 자연스럽게 없어졌다. 하지만 지금도 버리지 못한 습관이 있으니, 바로 걸려온 전화를 순식간에 받는 일이다.

강박 아닌 강박 중 하나는 음식물 쓰레기에 대한 예민함이다. 앞서 말했듯 전 세계적으로 일곱 끼 중 한 끼는 음식물 쓰레기가 된다는 사실을 알고부터 잔반에 대해 더욱 신경이 쓰였다. 잔반을 볼 때마다 나도 모르게 죄책감이 들고, 마음이 무거워지기 시작했다.

영양교사로 일한 지 2년이 되던 해, 나는 교직원 친목회의 총무를 맡았다. 직원들의 체육대회가 있는 날, 그 전에 받은 회비로 전 교직원이 함께 먹을 음식을 주문해야 했다. 열 사람이 있으면 열 가지 입맛이 있기 마련이다. 보쌈, 족발, 닭발, 피자, 치킨, 떡볶이, 순대, 튀김 등 모두를 만족시킬 수 있는 음식은 기본이고, 평소 먹는 양까지 고려해서 주문을 해야 했다. 잔칫날 음식이 모자라면 분위기가 가라앉기 마련이고, 그렇다고 음식이 넘치면 쓰레기가 되고 만다.

내가 음식을 주문하는 건 비단 교직원 친목회 모임뿐만이 아니다. 가족들과의 모임, 친구들과의 약속자리, 심지어 영양교사들끼리 만난 자리에서도 음식 양을 예상하고 주문한다. 그러다 보니 지인들의 먹는 양과 입맛을 속속들이 파악하게 된다.

지인들 중 음식물 쓰레기를 남기지 말자는 내 신념을 시험하는 친구가 있었다. 이 친구는 오랜 다이어트로 음식에 대한 강박이 있었다. 거의 굶다시피 초절식을 하고 있다가 약속을 잡고 나면 24시간 동안 공복 상태를 유지하는 친구이다. 평소에는 몸을 그렇게 혹독할 정도로 관리하면서도 친구는 약속 장소를 맛집으로 정하고 먹고 싶은 걸 여러 개 골고루 시키는 것을 즐거워한다. 그렇다고 먹는 양이 많지도 않아서 둘이 만나면 음식이 남을 게 분명하다.

하지만 나와의 만남을 기다리며 24시간을 굶고 온 친구가 고른 메뉴를 주문하지 않을 수 없다. 그럴 때 해결책은 간단하다. 남은 음식을 포장해 오는 것! 그래서 이 친구와 함께 맛집에 가기 전, 나는 남은 음식을 포장할 수 있는지 늘 확인한다.

기분 좋게 음식을 다 먹고 깨끗하게 비워진 그릇들을 볼 때면 말할 수 없는 쾌감이 느껴진다. 영양사 복장을 하고 깨끗하게 비워진 식판이 내가 받는 최고의 찬사라면, 평범한 일상인이 되어 내가 만난 즐거운 식사 자리에서 깨끗하게 비운 그릇은 나의 행복을 위해 최소한 지구 환경을 더럽히지 않았다는 만족을 준다.

'대한민국'이라는 공간에서 같은 말을 쓰고, 같은 역사를 공유하고, 같은 음식을 즐기고 있지만, '가풍'이란 말이 있듯이 각 집안마다 고유의 문화가 있다. 집안뿐 아니라 각 직업마다 특이한 분위기와 습성이 있다. 사람을 볼 때 자기도 모르게 신발부터 바라보는 구두 수선공, 누군가의 집에 초대되어 가면 책꽂이 먼저 살펴보는 출판기획자…… 자기 직업에 충실하다 보면 자기도 모르게 생기게 되는 습관들. 흔히 '직업병'이라 불리는 그 행동들은 어쩌면 직업이 우리에게 수여한 작은 훈장이기도 하다. 그런 점에서 전화 빨리 받는 기술과 음식물 쓰레기를 남기지 않으려는 강박은 누군가에게 내세울 만한 나의 자랑스러운 훈장이다.

모든 맛에는
때가 있다

'제철'이라는 말이 있다. 영양사에게 제철이란 모양도, 맛도 가장 알맞은 시기에 식재료가 출하되는 시기를 말한다. 이때의 식재료는 영양분과 향이 좋을 뿐 아니라 값이 싸기도 해서 식단을 작성할 때 빠트리지 않는다. 자연식품을 가공하는 과정에서 감미료, 산미료, 착향료, 착색제, 발색제, 보존료 등 많은 첨가물들이 식재료에 들어간다. 때문에 급식으로 끼니를 때우는 이들에게 제때 나고 자란 제철 식품을 먹이고 싶은 영양사의 욕심도 식단에 담아본다. 특히 급식의 주 고객이 성장기에 있는 초등학생이라면 욕심은 때론 욕망으로 커지기도 한다.

사실 첨단 과학기술이 발전한 요즘은 특정 시기에 먹던 음식들을 언제든 먹을 수 있다. '제철'이란 경계가 예전에 비해 많이 모호해졌다. 하지만 제철 식재료가 하필 특정한 그 시기에 성장하는 이유는 우리 몸과 궁합이 아주 잘 맞기 때문이다. 참나물·고사리·곰취 등 따스한 햇살 기운을 받고 자라나는 봄나물들은 잃어버린 미각을 회복시켜 주고 춘곤증을 예방해 주고, 수박·포도 등의 여름 과일은 수분 공급에 탁월하다. 가을에는 면역력을 길러주는 은행·고등어·새우 등이 있고, 겨울에는 굴·가리비 등 영양분이 풍부한 해산물이 있다. 오늘날의 첨단 양식기술도, 냉장고도 없던 시절부터 식탁에 오르내리며 맛과 영양까지 챙길 수 있었던 검증된 '역사'가 있다 보니 제철 음식은 여전히 관심을 받고 있다.

　　4~5월에 제철인 두릅은 비싼 몸값에도 불구하고, 초등학교 급식소에서 결코 환영받지 못하는 기묘한 존재이다. 어린 학생들 입장에서는 대체 왜 영양 선생님은 맛없고 쓰기만 한 식물줄기 같은 걸 굳이 배식판에 올려주는지 이해하기 어려울 것이다. 무기질과 수분, 식이섬유가 풍부한 두릅으로 봄이 왔음을, 아울러 성장기 영양 균형을 맞추고 싶은 마음을 알 리 없겠지만 어린 시절 급식시

간에 두릅이란 식재료를 알게 되고 나중에라도 다양한 입맛을 깨닫는 데 도움이 되었으면 하는 것이 내 솔직한 심정이다.

한 끼 식사에 불과했던 학교 급식이 이제는 학생들의 건강한 식습관을 형성할 수 있는 식생활 교육의 일환으로 인식이 바뀌었다. 어린이들이 잘 먹지 않지만 제철을 맞은 식재료를 어떻게 하면 맛있게 먹일 수 있을까 하는 숙제를 매일 마주한다. 가지나물 대신 '가지커틀릿', 두부구이 대신 '두부피자', 시금치나물 대신 '시금치 계란찜'을 만들어 봤더니 확실히 잔반도 줄어들고 "이건 어떻게 만든 거예요?" 하는 호기심을 불러일으키기도 한다. 메뉴 개발이 쉬운 일은 아니지만 아이들의 이러한 반응을 보면 '개발 중독'에 빠져들지 않을 수 없다.

아무리 몸에 좋은 제철 식재료라도 거부감을 느끼고 손도 대지 않으면 아무 소용이 없다. 제철 식재료는 먹을 수 있는 때가 있다. 제철 음식 개발은 영양사가 머릿속 한쪽에 늘 담아두고 살아야 하는 운명 같은 것이다.

곰곰이 생각해 보면 '제철'은 식재료에만 해당되는 개념이 아니다. 우리 인생에도 제철, 즉 제때가 있다. 각 계절의 기운을 품고 자란 식재료가 자연의 섭리에 순응하고 우리 몸에 기운을 불어넣어 주듯이, 우리 삶에도 그런 순간이 있다. 나는 인생의 제철이란 '마음먹었을 때'라고 생각한다.

친구들에게 종종 "너 대단하다"는 말을 듣는다. 그 감탄이 친구들의 입에서 언제 쏟아지나 돌아보니 이루어 낸 성과를 얻었을 때가 아니라 생각을 실행으로 옮길 때였다. 친구들은 자기들과는 다른 나의 실행력을 높이 평가했다. 그럼 나는 왜 이렇게 실행력이 남다를까 그 원인을 찾아보니, 그 기저에는 '완벽하지 않아도 된다'는 마음가짐이 있었다. 애초에 원대하고 완벽한 계획을 세우기보다 일단 시작해 보자는 가벼운 마음으로 실행하는 특성이 있었다.

영양사에서 영양교사가 되기 위해 임용고시에 도전한 것도, 영양교사 유튜브를 해볼 생각을 한 것도 '고득점 합격', '구독자 수 100만 유튜버 달성' 같은 높고 큰 목표가 있었기 때문이 아니다. 합격하고 싶은 간절함은 있었지만 임용고시에 떨어지더라도 영양사로서 영양학을 다시 한번 공부하고 역량을 향상시킬 수 있는 기회로 여겼고, 촬영과 자막 등 영상 기술 실력이 부족했지만 할 수 있는 만큼 노력해서 휴대폰으로 촬영하고 편집해서 첫 영상을 업로드했다.

모든 것에는 때가 있다고 하지만, 언제든 마음만 먹으면 무엇이든 할 수 있는 요즘 '물리적 시간'에는 큰 의미가 없다. 인생에서 제철이란 언제든 내가 마음먹은 일들을 하려고 하는 자세가 무르익고 꽃피울 때다. 나만의 속도대로 주어진 것과 마음먹은 것들을 하나하나 충실히 해나가며 내 길을 만드는 것이다. 하루하루 햇살과 바람을 맞으며 1년 후에 다시 올 제철을 준비하는 채소와 과일들처럼.

3장

사람됨의 출발점,
따뜻한
밥 한 끼

밥 있는 곳에서
인성이 드러난다

단체급식의 특성상 영양사는 매일 동일한 시간대에 같은 사람들을 만난다. 배식시간이 되면 조용했던 사내식당은 몇십 분 만에 수백 명의 사람들로 가득 찬다. 입사하고 첫 한 달 동안은 파도가 몰아치듯 쉼 없이 몰려드는 사람들을 맞이하는 것만으로도 정신이 없었다. 아직 사내식당에 오지 않은 예비 고객이 몇 명이나 될지, 행여 음식이 떨어져서 비상사태가 벌어지는 건 아닌지 온 신경을 집중했다. 그러다 보니 정작 식사하는 사람들은 뭘 잘 먹는지, 혹시 불편해하는 건 없는지 파악할 겨를도 없었다.

역시 시간이 약이었다. 시간대별로 오는 식수와 남은

바트를 확인하며 필요한 경우 조리작업을 지시하는 등 배식이 원활하게 이루어지는지 시스템을 확인하고 나서야 식사하는 사람들에게로 눈길이 갔다. 식사하는 동안 다양한 사람들의 표정과 특징이 보이기 시작했다.

그날 메뉴전시대 앞에서 고객들을 맞이하고 있는데, 20대 여성 직원 셋이 눈에 들어왔다. 메뉴를 확인하고 배식대로 향하는 다른 고객들과 달리 그들은 한참 동안 메뉴전시대를 바라보고 있었다.

"아, 먹을 게 하나도 없네! 밖에서 사 먹는 게 훨씬 낫겠다."

"그치! 정말 입맛 당기는 게 하나도 없어!"

세 사람과 나는 몇 걸음 떨어져 있지 않았고, 그들은 영양사 가운을 입은 나를 본 것이 분명했다. 나에게 들으라고 한 이야기였다. 순간 당황스러움과 모욕감 그리고 온갖 감정에 머릿속을 두들겨 맞는 느낌이 들었다. 도저히 표정을 감출 수 없어 어떤 말도 하지 못하고 도망치듯 그 자리를 피했다.

그 일을 겪고 한참 동안 메뉴전시대 근처에 얼씬도 하지 못했다. 그렇지만 메뉴전시대만 피한다고 비판을 피할 수 있는 것은 아니었다. 하루에도 몇 번씩 고객의 컴플레인에 응대해야 했다. 비슷한 일을 여러 번 겪으면서 이곳은 돈을 내고 들어온 놀이공원이 아니라 돈을 받고 일하는 직장이니 하고 싶은 일만 하고 듣고 싶은 말만 들을 순 없다고 스스로를 다독였다. 그러자 한결 마음이 편해졌다. 쓴소리를 들으면서도 웃으면서 응대할 수 있는 순발력과 정신력도 갖출 수 있었고, 고객과 소통하는 방법 또한 터득하게 되었다.

배식대에서 사람들과 만나는 시간은 그야말로 한순간이지만, 단 몇 초의 시간에도 그 사람의 특성을 발견하게 된다. 메뉴를 하나씩 받을 때마다 "감사합니다" 하는 인사를 늘 빠트리지 않는 젊은 직원이 있었다. 식사할 때도 동료 직원들과 대화를 나누며 밝은 표정으로 식당을 나간다.

반면 입구에서부터 잔뜩 얼굴을 찌푸리며 들어오는 직원도 있다. 조리사와 영양사가 음식을 하나씩 건네면서 "맛있게 드세요" 하는 인사에도 대꾸조차 없다. 처음에는 이 사람에겐 무슨 좋은 일이 있나 보다, 저 사람에겐 기분 나쁜 일이라도 있나 보다 하고 별생각 없이 받아들였다. 하지만 한 달이 지나도 두 사람의 표정은 한결 같았다. 그러자 두 사람이 전혀 다르게 보였다.

직장 안에서 직장인이 그나마 편안하게 시간을 보낼 수 있는 곳이 어디일까? 나는 탕비실과 화장실 그리고 사내식당이 아닐까 생각한다. 화장실이나 탕비실도 그닥 오랜 시간을 보내는 곳이 아니라면 조금이나마 긴장을 풀고 그 사람의 본래 모습이 나오는 것이 점심시간일 텐데, 사내식당에서 무의식 속에 나오는 다양한 표정을 보며 나는 문득 스스로를 돌아보게 되었다. 나 또한 고급 레스토랑이든 동네 분식집이든 과연 다른 이가 해준 음식을 건네받았을 때 "감사합니다"란 인사를 했던 적이 있었나 하고 말이다. 음식을 준비하는 영양사 자리이든 대접받는 손님 입장이든 앞으로 상대에게 긍정적인 에너지를 나눠주는 사람이 되어야겠다는 다짐을 자연스럽게 하게 되었다.

재미있게도 그토록 다양한 사람의 표정에 한결같은 미소가 머무는 시기가 있다. 내가 사내식당에서 근무하는 동안 4년 연속 스마트폰 매출이 상승해서 PS(성과상여금)가 연봉의 50퍼센트가 되었다. 1년에 한 번, PS가 나오는 날, 사내식당을 찾는 사람들의 표정이 밝다. 과장을 덧붙이자면 흡사 결혼식처럼 경사스러운 피로연장 같은 느낌이 들기도 하다. 내가 보너스를 받는 것도 아니지만, 밝은 기운이 가득한 이곳이 참 따뜻하고 포근하다.

이와는 반대로 사내식당 분위기가 싸늘하고 차갑게 내려앉을 때도 있다. 1년의 육아휴직을 마치고 복귀를 하게 되었다. 새롭게 발령받은 곳은 자동차회사에 소속된 사내식당이었다. 여러모로 걱정이 앞섰다. 1년 동안 손을 놓고 있어서 업무에 대한 감을 되찾기까지 왠지 시간이 걸릴 것 같은데 그 사이 실수라도 할까 염려스러웠고, 무엇보다 그곳 회사에 대해 주위들은 몇몇 이야기가 자꾸 마음에 걸렸다.

"거기 말도 마. 메뉴회의 할 때마다 노조위원이 참석해서 일일이 따지는데, 음식이 모자라거나 맛없으면 분위기가 정말 살벌해진다더라."

한 선배가 걱정스러운 목소리로 전한 한마디에 온몸에 털이 바짝 곤두설 것처럼 긴장되었다. 나도 이미 들어서 알고 있었다. 그곳 자동차회사에서는 오랫동안 직영급식을 운영하다가 위탁급식으로 바꾸었는데, 이전보다 맛도 없고 음식 양도 줄어들어 불만을 품은 어느 직원이 홧김에 사내식당 문을 발로 차서 부쉈다는 '믿거나 말거나' 한 이야기. 그 사건이 있고 위탁급식 업체가 우리 회사로 바뀐 후 1년 동안 근무한 영양사가 휴직하게 되었는데, 지사장(영양사와 조리사의 인사 발령을 포함하여 지사 운영의 방향을 결정하고 이끌어 가는 관리자)은 자동차회사에 가까이 살고 있는 직원에게 발령을 내렸다. 문제는 그 직원이 나라는 것이었다.

울며 겨자 먹는 심정으로 업무를 시작하기 전 고객사인 그곳에 첫 인사를 하러 갔다. 예상과 달리 화기애애하게 맞이해 준 분들 덕에 긴장이 풀렸고, 다행스럽게도 영양사로 복귀해서 맡은 업무도 문제없이 잘 적응해 갔다.

위탁급식 업체와 고객사 사이에서는 급식소 업무를 맡은 고객사 총무와 노조 담당자를 '키맨key man'으로 부른다. 말 그대로 '열쇠를 쥐고 있는 사람'으로 매우 중요한 사람을 뜻한다. 메뉴회의를 하던 중 고객사 키맨들이 앞으로 일을 할 때는 '고객'이라 부르지 말고 다 같이 '사원'이란 호칭을 쓰자고 제안했다. 소속된 회사는 달라도 같은 곳에서 근무하는 사람들끼리 동료처럼 지내자는 이야기였다. 동료 영양사들에게서 '갑의 횡포'와 관련된 삭막한 사건만 전해 듣다가 이렇듯 따뜻한 제안을 들으니 마음속의 벽이 녹아 없어지는 기분이었다.

모든 일이 착착 풀리며 좋은 일만 계속될 것 같은 분위기는, 그러나 얼마 지나지 않아 달라졌다. 이곳은 자동차 부품업체 중 규모도 중견급이고 재정이 탄탄한 회사였는데, 날이 갈수록 사정이 나빠지고 있었다. 시간이 흐를수록 식수가 점점 줄어드는 것을 보고 나는 그 사실을 체감했다. 일거리가 줄어드니 잔업도 없어 점심뿐 아니라 저녁 식수도 눈에 띄게 줄어들기 시작했다. 그러더니 어느 날 희망퇴직을 받는다는 이야기가 들려왔다. 평소 배식대에서 친근하게 인사를 나누던 고객이 뜻밖의 인사말을 꺼냈다.

"영양사님, 그동안 감사했습니다. 맛있게 잘 먹었어요. 저 오늘까지 다닙니다. 이번 점심이 마지막 식사였네요."

"오늘이 마지막 날이라고요? 아휴, 아쉬워서 어떡해요……. 그동안 맛있게 드셔주셔서 제가 더 감사하죠."

회사를 떠나는 분들에게는 도무지 어떤 위로의 말을 건네야 할지 막막하기만 했다. 희망퇴직으로 마무리될 줄 알았던 정리해고는 이후에도 1차, 2차, 3차로 빠르게 진행되었다.

평소처럼 급식을 준비하고 있는데, 사원들이 하나둘 사내식당 옆 공터에 모이는 모습이 보였다. 노조지부장을 필두로 머리에 빨간 띠를 두르고 군청색 조끼를 맞춰 입은 사원들이 뉴스에서만 보던 시위를 시작했다. 뙤약볕 아래 모여 진지하고 어두운 표정을 한 사원들을 보고 있자니 어린 시절의 어느 날, 화물차 운송업을 하시던 아버지가 시위하러 간다던 뒷모습이 떠올라 나도 모르게 가슴이 찡해졌다.

뜨거운 태양 아래에서 일사불란하게 구호를 외치던 사원들은 점심시간이 되자 사내식당으로 들어왔다. 그 어느 때보다 밝은 목소리로 응원하는 마음을 담아 "맛있게 드세요" 하는 인사를 건넸다. 대부분 웃는 얼굴로 고개를 끄덕여 주었지만, 이내 그들의 그늘진 표정에서 가장의 무게와 정리해고된 동료를 보내는 미안함, 곧이어 다음은 내 차례일지도 모른다는 불안한 마음이 고스란히 전해졌다. 별다른 대화 없이 숟가락질과 젓가락질 소리만 들리던 그곳은 그 어떤 음식으로도 해결하지 못할 먹먹함이 굳게 내려앉아 있었다.

가끔은 누군가의 한 끼를 준비하는 내 일터가 너무도 솔직한 삶의 현장이라는 사실을 새록새록 깨닫게 된다.

입맛 트렌드,
급식에도 반영하고 싶습니다

외식업계 트렌드의 속도를 따라갈 수 없지만, 급식업계의 영양사들도 유행하는 입맛을 반영하기 위해 노력하고 있다. 요즘 식문화의 트렌드 중 떠오르는 것이 '채식'이다. 급식에서도 '채식'은 하나의 트렌드가 되었다.

이미 전 세계적으로 채식 급식이 각광을 받고 있다. 기업체 사내식당에서는 웰빙과 다이어트를 위해 '채식'을 찾는 고객들이 늘어나고, 학교에서는 기후위기 대응을 위한 '생태전환교육'의 일환으로 채식을 도입하고 있다. 내가 기업체 사내식당에서 근무할 때도 '그린밀 코너'를 따로 마련해서 채식으로만 이루어진 식단을 제공했다. 다른 코스에 비해 이용 고객은 적었지만, 이 코너를 꾸준하게 찾는 고객층이 있었다. 급식 만족도를 조사하기 위해 이 고객들을 찾아가 채식을 선택하는 이유를 물어보니 다양한 답변이 돌아왔다. 다이어트를 위해 채소를 먹는 사람도 있었고, 종교적인 이유로 인한 채식도 있었고, 건강상의 문제로 고기를 섭취할 수 없는 이들도 있었다.

학교에서 받아들이는 채식은 보다 다양한 의미를 지니고 있었다. 건강 및 종교상의 문제, 지구의 기후 위기, 동물복지 등 개인적 신념 및 식습관을 이유로 채식을 요구하는 학생들이 증가하자 교육청에서 채식을 받아들인 것이다. 무엇보다 인권이 중요한 시대에 학교 급식에서도 다양성을 보장하고 학생들에 대한 관심과 배려가 필요하기 때문이다.

영양교사로 근무하면서도 한 해가 다르게 조금씩 관심을 받고 있는 '채식'을 눈여겨보았다. 우리 문화에서는 예부터 '밥상머리 교육'이라고 해서 밥 먹는 자리에서 인성과 예절을 가르쳤는데, 채식으로 요즘 시대에 맞는 교육을 할 수 있으리란 아이디어가 떠올랐다. 급식을 통해 먹을거리와 기후 환경의 상관관계를 알려주고 싶었다. '기후 위기 극복의 열쇠, 채식의 실천'이란 주제로 공모전에 참여했는데, 운 좋게도 '급식 운영' 부문에서 교육감 우수상을 수상하게 되어 보람 있었다.

"고작 일주일에 하루 채식한다고 해서 바뀌는 게 있을까?"

채식 급식에 대해 의구심을 가지는 사람들이 있을 것이다. 하지만 '고작'의 효과는 의외로 크다. 1년 동안, 일주일에 하루 채식을 한 사람 덕에 30년산 소나무를 열다섯 그루 심는 효과가 발생한다고 한다. 이보다 더 큰 효과는 어린 학생들이 자신의 몸과 지구 환경의 지속 가능성에 관심을 갖게 되는 것이 아닐까? 영양교사로 일하다 보면 영양사와 확실하게 다르다는 사실을 간혹 깨닫게 되는데, 특히 채식에 대해 접근하는 방식에서 나는 영양이란 글자 뒤에 붙은 '교사'라는 자리의 무게감을 새삼 느끼게 된다.

채식 바람 이전에 급식업계에 한차례 지나간 트렌드가 있다. 우리 급식업자들 사이에서는 '세계 급식'이라 간략하게 이름을 붙이는데, 바로 여러 나라의 음식을 급식으로 제공하는 것이다. 세계 곳곳의 문화를 경험하는 일이 더 이상 낯설지 않다. 세계 어디를 가도 우리나라 사람과 우리 음식을 만들어 파는 음식점을 찾을 수 있다. 반대로 우리나라 안에서도 다른 나라의 전문 음식점을 찾아볼 수 있다.

외식업에 다양한 나라의 음식점이 진출한 트렌드를 반영할 생각으로 우리 사내식당에서도 '세계 음식의 날'을 기획했다. 이색적인 급식을 준비해서 식사를 하는 시간 동안이라도 다른 나라를 여행하는 느낌을 선사하려고 했다.

굳이 '세계 음식의 날'을 운영하지 않더라도 외국인 사원이나 바이어를 위해 메뉴를 연구하기도 한다. 나라별, 종교별로 금기시된 식재료와 주의해야 할 식문화를 파악한다. 하지만 그 나라의 맛을 완벽하게 재현하는 것은 둘째 치고, 금기 음식을 피해 맛있는 식단을 구성하는 것도 굉장히 어려운 과제였다.

자동차회사의 사내식당에서 근무하던 시절의 일이다. 외국인 바이어가 오면 따로 대접하는 VIP 식당이 있었다. 중요한 외국인 바이어가 회사를 방문하는데, 회장님을 비롯한 임직원들과 식사를 함께한다고 했다. 회의를 위해 우리나라에 머물며 VIP 식당에서 몇 끼를 먹는다고 했다. 고객사 식당 담당자는 바이어의 국적과 종교를 미리 알려 줘 우리가 식단을 구성하는 데 도움을 주었다.

우리는 모처럼 예산에 구애받지 않고 메뉴를 선정했다.

샐러드, 수프, 스테이크, 디저트, 차 코스로 식사를 준비했다. 이슬람교 신자임을 확인하고 스테이크는 투플러스 1등급 한우 안심을 준비했다. 하지만 그는 메인 음식을 절반이나 남겼다. 정성껏 음식을 준비한 나는 고민에 빠졌다. 소스가 잘못된 것일까, 구운 정도가 잘못된 것일까, 안심스테이크를 좋아하지 않는 것일까? 그날부터 급식일지를 기록했다.

'이슬람교 외국인 바이어. 그린채소샐러드: 반만 먹음. 양송이수프: 다 먹음. 안심스테이크: 1/3 먹음. 호두파이: 다 먹음. 보이차: 반만 먹음.'

데이터를 축적해 가면서 다음 식사에는 소고기 부위를 바꿔 보기도 하고, 굽는 방법도 바꿔 보고, 소스도 바꿔 보고, 치킨스테이크를 제공해 보기도 하고, 곁들여서 두부 스테이크도 함께 제공해 보기도 했다. 바이어에게는 나중에 기억도 하지 못할 식사일지 모르겠지만, 나에게 이 식사가 자꾸만 신경이 쓰이는 이유가 있었다. 자동차사업이 어려워지고 있는 상황을 알고 있는 나는 미팅이 잘되어 경영난을 잘 극복하길 바라는 마음이 컸다. 내가 할 수 있는 일이라곤 그에게 만족할 만한 음식을 만들어 주어, 한껏 마음이 여유 있고 느긋해진 그가 우리 임원진과 원만하게 교섭할 수 있게 하는 것이었다.

정장 스타일의 영양사 복장을 하고 음식 하나에도 신경을 썼다. 아쉽게도 회사의 경영난이 악화되는 건 막을 수 없었다. 하지만 늘 예산에서 벗어날 수 없는 영양사의 한계를 벗어나 고급 식재료로 외국 손님의 식사를 준비하게 된 것은 특별한 경험이었다.

전직 영양사를 성장케 한
현직 영양교사

대학 졸업 전, 4학년 1학기에 대기업 공채 영양사로 합격하고 나는 밝고 희망 가득한 새로운 인생이 시작될 줄 알았다. 간절하게 머릿속으로 그리고 있던 '플랜A'를 시작했다. 업무에 숙달해서 유능한 영양사가 되는 한편, 퇴근 후 운동과 자기계발을 꾸준히 하는 당찬 직장인의 삶을 꿈꿨다.

하지만 '플랜A'는 생각만큼 잘 풀리지 않았다. 이론과 실천 사이에는 엄청난 거리감이 있듯이, 내 머릿속의 생각과 내가 처한 현실에도 남극과 북극 같은 간극이 숨어 있었다. 급식소에서의 하루하루가 매일 새로웠다. 업무가 낯설다 보니 일하는 속도가 붙지 못하고 자연스럽게 야근이 반복되었다. 다행히 조금씩 업무에 익숙해지고 능숙해져 손놀림뿐 아니라 정확하게 일처리를 하게 되면서 차츰 자신감도 붙었다.

'내가 봐도 이제 좀 영양사 같네.'

안도감도 한순간이었다. 업무가 손에 붙고 보니 안 보이던 문제가 보이기 시작했다. 바로 인간관계였다. 업무야 나 혼자 노력하면 되지만, 인간관계는 한 사람이 다른 사람을 일방적으로 맞춰준다고 해결되는 건 아니었다. 매일매일 마음속에 스트레스를 쌓으며 퇴근하는 기분이었다. 육체적으로 힘든 것보다 정신적으로 힘든 일이 얼마나 큰 고통인지 새삼 깨달았다. 지금이야 10년 넘은 경력도 붙었고 나이도 들어 20대 초반 시절의 혈기왕성한 때와 다르게 사람 대하는 노하우를 알게 모르게 쌓게 되었다.

그렇게 8년이 넘는 시간을 보내고 나는 임용고시에 도전해서 영양교사가 되었다. 사실 영양교사가 되고 싶다는 생각을 품은 것은 대학교 1학년 때였다. 교양수업의 과제가 10년 뒤 자신의 모습을 리포트로 작성하는 것이었다. 자신의 인생을 x축은 나이, y축은 행복을 숫자로 표현해 적은 다음 과거와 현재, 미래를 그려보고 과거의 추억, 현재의 목표, 미래의 계획을 구체적으로 작성해야 했다. 그 당시에는 우선 대기업에 취직해서 영양사로서 할 수 있는 모든 경험을 쌓은 뒤, 안정적이고 오래 근무할 수 있는 영양교사가 되는 것으로 미래를 설계했다.

사실 막연한 희망사항이기만 했던 일이 실제로 벌어지자 눈물 나게 행복했다. 임용고시 합격자 명단을 확인했던 그 순간은 인생에서 오롯이 기쁨을 느꼈던 몇 안 되는 순간이었다. 하지만 기업체의 영양사로 합격했을 때의 마음가짐과는 조금 달랐다. 20대 초반에는 '어떤 일이든 시켜만 주시면 이 몸을 불살라 보겠다'는 열정이 가득했다. 하지만 산전수전을 다 겪고 신입 영양사의 업무 멘토를 맡아 도움을 주고, 고객들과 원활하게 소통하면서, 조리사와 조리원 들과의 관계도 잘 유지하는 등 능숙한 영양사가 되었다는 자부심이 어느 순간 내 머릿속에 들어차 있었던 것 같다.

'매일 1만 인분을 만들어 내는 대기업에 비하면 학교 업무는 간단하지 않을까? 급식 코스도 적고, 손익 문제에서도 좀 더 자유롭고, 고객사 키맨 같은 관리인도 없으니까 좀 더 수월하게 일할 수 있지 않을까?'

기업체의 영양사로 근무할 때는 매일매일 식재료를 발

주하고, 재고를 조사하고, 목표 식재료비를 맞추는 것이 주요 업무였다. 예상대로 영양교사는 이 점에서는 업무에 여유가 있었다. 식재료는 한 달 치를 한꺼번에 발주했다. 식단을 구성하는 일도 8년 동안 해온 일이라 크게 어려운 것이 없었다. 하지만 얼마 지나지 않아 급식 업무 공문들을 받아 보면서 낯선 업무의 세계로 빠져들었다.

공문을 확인하고 내용을 숙지하고 문제를 해결해 나가야 하는 업무들이 생겼다. 낯선 시스템과 용어에 익숙해져야 하는데, 기업체와 달리 노하우를 전수받을 선임자가 없었다. 교무부장 선생님과 다른 학교에서 근무하는 선배 영양교사들에게 이것저것 물으며 익혀나갔다.

일을 손에 잡은 지 얼마 안 되어 급식소의 노후된 기계가 자꾸만 문제를 일으킨다는 사실을 알았다. 급식소에 있는 기계들은 일반 가전제품과 달리 고장 나는 일이 매우 잦고, 수명 또한 짧았다. 음식을 만들기 위해서는 물을 써야 했고, 조리 후에는 조리실을 물청소하기 때문에 아무리 조심한다고 해도 물이 기계에 튈 수밖에 없었다. 물에 취약한 기계들은 자주 문제를 일으켰고, A/S를 불러도 기계 결함이 해결되지 않을 때도 있었다.

식기세척기, 복합소독기가 차례대로 파업을 하더니 어

느 날은 수도기가 고장이 나 물이 나오지 않았다. 하루는 냉장냉동고의 온도가 조절이 되지 않았다. 안 고쳐본 기계가 없을 정도였다. 교육청에 '급식소 노후기계 신청'을 보내는 것도 분기마다 벌어지는 일이었다.

짐작과는 다른 업무들은 계속되었다. 3월에는 각종 급식 업무 계획서들을 준비해야 했고, 학부모 급식 모니터링 조사서 및 식품 알레르기 조사서 등 가정통신문도 준비해야 했다. 그리고 영양 상담과 영양 수업과 교직원 회의까지…… 새로운 업무의 연속이었다.

영양교사로 발령받은 첫 근무지는 초등학교였다. 순회학교의 급식도 담당하게 되어 주 5일 출근 중 4일은 본교에, 1일은 순회학교에 출장을 가며 급식을 담당했다. 영양교사 3년 차가 되던 해, 순회학교 급식소를 개축하는 공사를 하기로 결정되었다. 아예 급식소를 다시 짓는 일이었다. 이런 일이 기업체에서 있으면 담당 부서별로 업무를 정확하게 나누어 신속하게 처리한다. 가령 시설팀이 공사를 전담하고 영양사나 조리사는 급식을 준비하는 업무에만 신경 쓰면 된다. 하지만 학교는 상황이 달랐다. 교육청에도 시설팀과 보건급식팀이 있었지만, 현장에 상주하고 있는 영양교사와 조리사가 협력해야 할 업무들도 있었다. 급식소 기계 보유 현황과 재사용 여부, 새로 구입할 급식소 기계를 파악하고, 시설 도안이 나오면 보완할 부분도 업무 협의회를 거쳐 결정해야 한다. 주방업체와 상의해서 크고 작은 주방 기구를 배치하고 나면 영양사와 영양교사로 구성된 TF팀과 업무 협의회를 거쳐 다시 급식소 기계를 배치했다. 사실상 공사가 시작하면서부터 끝날 때까지 담당해야 했다.

공사가 아니더라도 영양과 관련해서 교무 업무와 행정 업무가 영양교사를 기다리고 있다. '대기업 영양사 업무에 비하면 영양교사쯤이야!'라고 안일하게 생각했던 예전의 내 모습이 떠올랐다. 그야말로 남의 떡이 더 커 보인다는 속담처럼 영양을 담당하는 사람으로서 내가 아직 큰 그릇이 못 된다는 사실을 깨달았다. 직장생활을 8년 넘게 하고도 이렇게 편협한 사고에 갇혀 있었다니!

'다시는 함부로 다른 직업을 지레 짐작하고 내 시선으로 재단하지 말자.' 겪어보니 영양교사도, 영양사도 별반 다를 것이 없었다. 이것이 없으면 저것이 있고, 저것이 없으면 이것이 추가된다. 영양교사는 급식 업무는 기본이고, 뜻하지 않은 각종 행정 업무도 담당해야 한다.

그러고 보면 주변 사람들에게도 영양사 업무가 너무 많

다고 하면 "식단만 작성하면 되는 거 아니야? 그렇게 힘들진 않잖아?"라는 말을 숱하게 들어왔다. 맥이 탁 풀리는 이런 언행을 마주할 때마다 나는 누군가의 직업을 함부로 판단하지 말자는 생각을 다시 한번 되뇐다.

누군가에게 영양교사는 '고작 아이들 밥 한 끼 차려주는 사람'처럼 여겨질지 모른다. 밥 한 끼 차려주기 위해 해야 하는 업무에는 준비해야 하는 일이 의외로 많다. 100미터 스프린터는 10초 내외에 벌어지는 시합을 위해 훈련이며 체중조절 등 힘든 시간을 얼마나 숱하게 겪어내야 하는가. 그 선수에게 고작 10초밖에 뛰지 않아서 좋겠다는 말을 할 수 있을까?

솔직함과 무례함은 한 끗 차이다. 하찮은 직업은 없다. 영양사와 영양교사로 일하는 덕분에 알게 된 깨달음 중 하나다. 누군가를 위한 따뜻한 밥 한 끼를 만드는 사람인 만큼, 누군가를 이해하고 배려하는 생각 또한 누구보다 따뜻한 사람이 되어야겠다.

급식실에 온
의사 선생님

영양사 국가고시에 응시할 자격 요건을 갖추기 위해서는 80시간의 현장 실습이 필요하다. 나는 식품영양학과에 다니던 3학년 때 하루에 여덟 시간씩 열흘 동안 집에서 가까운 초등학교에서 실습을 하게 되었다. 특별히 그 학교를 선택한 이유는 없었다. 그저 집에서 가까워서 출퇴근이 편할 거란 생각에서 골랐는데, 돌이켜 보면 별생각 없이 정한 실습처라고 하기엔 그곳은 나에게 '직업의 가치'를 일깨워 준 소중한 곳이었다.

영양사 '실습생' 신분으로 그 학교에서 겪는 1분 1초가 새로웠다. 음식을 직접 검수하기도 하고, 조리장에서 쉴

새 없이 양파와 대파를 썰고, 위생관리 기준서와 안전관리 문서 등을 읽어보기도 했다. 이론으로만 배웠던 단체급식을 현장에서 겪게 되니 모든 것이 흥미로웠다. '앞으로 내가 평생 해야 할 일'이라는 생각이 떠오르자 쉬는 시간에도 영양교사님은 뭘 하는지 자꾸만 시선이 향했다.

실습생에게 뭐니뭐니 해도 가장 기대되는 시간은 배식시간이었다. 위생가운과 머리망을 단정하게 하고선 배식대에서 웃는 얼굴로 인사하며 아이들을 맞이했다. 부끄러움이 많은 학생들은 호기심 가득한 눈빛으로 아주 작게 "네……"라고 대답하기도 하고, 더 소극적인 아이들은 대답이 없었다. 장난기 가득한 표정을 지은 남자아이가 "누구지? 누구세요? 처음 보는데?"하며 묻기도 했다. 배식시간은 줄이 밀리면 안 되기 때문에 학생들과 긴 대화를 할 수 없어서 아쉬웠다.

나는 학교에서 실험할 때 입었던 흰색 실험복을 착용했다. 배식을 마치고 퇴식구에 서 있는데, 초등학교 1~2학년쯤 돼 보이는 여자아이가 다가오더니 나에게 물었다.

"의사 선생님이에요?"

"아니. 누굴 것 같니?"

"의사 선생님 옷 맞는데……. 의사 선생님이 급식실에

왜 있지?"

"그러게. 의사 선생님이 왜 급식실에 있을까? ……반가워, 나는 영양 선생님이야."

"영양 선생님이 왜 의사 선생님 옷을 입고 있어요?"

그러고 보니 이 학교에서 근무하시는 영양 선생님은 흰색 가운을 입고 있지 않았다. 아이에게 흰색 가운을 입은 사람은 병원에 갔을 때 본 의사 선생님뿐이었을 것이다. 아이의 호기심 어린 눈망울과 갸웃거리는 얼굴을 보고 있자니 순간 '의사'라고 장난 걸어볼까 하는 생각도 잠시 들었지만, 실습 첫날부터 그럴 여유는 없었다.

귀여운 여자아이의 착각에서 비롯된 해프닝이었지만, 이 작은 사건은 나에게 영양사라는 직업을 다시금 새롭게 생각하게 했다. 실습을 마치고 친구들과 실습소에서 겪은 크고 작은 사건을 이야기하다가 나는 의사 선생님으로 오인받은 해프닝을 이야기했다. 그러다 문득 의학의 신 히포크라테스의 명언이 떠올랐다.

"음식으로 못 고치는 병은 그 어떤 의사나 약으로도 고칠 수 없다."

의사와 영양사. 언뜻 떠올리면 공통점이 보이지 않지만, 두 직업 모두 사람들의 몸을 돌본다는 점에서 비슷하다. 생각해 보면 초등학교에 부임하고 만난 어린 학생들과 나도 소중한 인연으로 맺어졌다. 이 학생들은 졸업하기 전까지 내가 구성한 식단으로 적어도 하루에 한 끼를 먹게 되고, 그 음식은 고스란히 아이들의 건강과 직결되는 셈이다.

성장하는 어린 학생들이 신체적으로 잘 자라기 위해서는 균형 잡힌 영양소를 섭취해야 한다. 음식은 면역력을 키우는 데 커다란 역할을 하고, 식습관을 개선하는 것만으로도 질병을 예방할 수 있다. 앞으로 내가 해야 하는 일이 바로 연령대에 맞는 영양가 있는 식단을 구성하고 준비해서 제공하는 일이라는 것을 새삼 깨달았다.

다음 해 영양사가 되어 수천 명 되는 사람을 위한 식단을 구성하면서 어깨가 무거워졌다. 그러고 보니 사내식당에서 하루 삼시 세 끼를 먹는 사원들도 제법 있었고, 정년 퇴임까지 이곳에서 일하는 분은 가족과 다 함께 먹는 저녁 식사보다 사내식당에서 먹는 식사 횟수가 더 많지 않을까 하는 생각이 들었다. 겨우 대학을 졸업하고, 제 손으로 밥을 지어본 적도 거의 없는 내가 이 사람들의 식단을 짤 자격이 있는 건지 까닭 모르게 양심의 가책마저 느껴졌다.

기업마다 급식을 운영하는 방식이 다르다. 직원들에게 점심값을 급여에 포함해서 지급하고 식권은 개인이 구매해서 사내식당을 이용할 수 있게 하는 회사가 있고, 하루 두 끼는 기본으로 제공하고, 여덟 시간 이상 근무하면 한 끼를 더 무료로 제공하는 회사도 있다. 내가 근무한 기업은 후자의 방식을 따랐다. 사내식당에서 밥을 먹지 않는다고 식비를 따로 제공하는 회사가 아니었기에 사원 입장에서는 급식을 안 먹으면 손해였다.

　그 때문인지 성과급이 나오는 날과 부서 회식을 제외하고 회사 밖으로 나가 일반 음식점을 이용하는 사원들이 드물었다. 급식이 맛있다기보다 회사의 복지 혜택을 누리지 않을 이유가 없어 찾아오는 공짜 식당인 셈이다. 그렇더라도 나는, 개중에는 정말 맛이 괜찮아서 찾아오는 사원들도 있을 거라 믿고 싶다. 그런 사람들을 생각하며 내가 맡은 일을 했다.

　간혹 뉴스에서 기업의 사내식당이나 학교 급식소에서 집단 식중독이 벌어진 사건을 종종 보게 된다. 변성된 목소리로 어처구니없는 변명을 쏟아내는 담당자들의 이야기를 듣고 있으면 나도 모르게 인상이 저절로 찌푸려진다. 누군가에게 맛있고 영양 갖춘 식사를 제공하는 일이 빨리빨리 해치우고 때 되면 월급 받는 일로 전락되어 버린 것은 아닐까 싶은 생각이 든다. 물론 나도 영양사가 된 가장 궁극적인 이유는 먹고살기 위해서다. 경제활동이 가장 큰 목적이지만, 그렇다고 그것이 전부는 아니다. 오로지 돈을 벌기 위한 목적이라면 그 사람의 하루하루는 얼마나 초라할까.

아주 오래된 추억이 되었지만, 영양교사가 되어서도 나는 실습생 시절 나에게 호기심 어린 표정을 지으며 "의사 선생님이에요?"라고 묻던 아이를 떠올린다. 물론 병을 고치는 역할은 아닐지언정 허기를 달래고 기운을 넣어주는 사람이라고 스스로에게 대답하면 내 직업에 나도 모르게 사명감이라는 것도 느끼고 애정을 느끼게 된다.

초등학생 식판 위에 올라온
과일의 비밀

어린 시절 겪은 경험 중 다 큰 성인이 되어서도 잊히지 않은 몇몇 순간이 있다. 순간의 기억은 시각으로만 남지 않는다. 귀를 통해 들어와 마음에 오래 남는 말, 콧속으로 스며든 표현할 수 없는 냄새, 입으로 들어와 강렬한 미각을 자극하는 맛, 손끝으로 생전 처음 느껴본 감촉……

초등학생 시절 친구네 집에 놀러 갔다가 맛본 과일에 대한 추억이 그러하다. 우리 집에서 한 번도 보지 못한 과일을 처음 먹었을 때 입안에서 터지는 달콤함과 상큼한 그 맛을 잊을 수가 없다. 산딸기, 오렌지, 파인애플, 멜론, 키위가 그렇게 해서 처음 만난 과일들이다.

'이렇게 맛있는 과일을 집에서도 먹을 수 있구나.'

친구에게 내색하진 않았지만 나는 놀라움을 넘어 속으로 큰 충격을 받았다. 나에게 과일이란 해가 저물고 어둑해질 무렵 떨이로 파는 사과, 귤이 전부였다. 사실 이마저도 흔하게 먹을 수 있는 것도 아니었다.

좀 더 커서 중학생이 되어 친구네 집에 갔다가 새로운 충격을 경험했다. 친구가 대접을 한다고 오렌지를 가져오기에 껍질을 내가 까줘야겠다는 생각에 손으로 오렌지를 집어 들려는데, 친구가 나를 말렸다.

"오렌지 전용 커터 있어. 그걸로 깎으면 돼."

"오렌지 전용 커터?"

친구는 가느다란 막대 같은 걸 손에 잡더니 능숙하게 오렌지 껍질을 벗겨냈다. 얼마나 자주 먹기에 오렌지 전용 커터란 것이 집에 있으며, 저렇듯 빠르고 예쁘게 껍질을 벗기는 걸까. 처음 보는 '핫 아이템'에 표정 관리를 할 수 없었다. 그 친구는 그 장면만으로 나에게 '부자 친구'라고 깊게 각인이 되었다. 1990년대에 어린 시절을 보낸 그 시절 나에게 경제력의 기준은 바로 '과일'이었다.

수입 농산물이 개방되기 전인 1980년대에는 바나나가 '부의 상징'이었다. 이제 바나나는 시장이든 마트든 어느 곳에서나 저렴하게 파는 과일이 되었다. 세대마다 부의 상징이 바뀌기도 하지만, 경제적 양극화가 심해진 요즘 시대에는 가정 형편에 따라 그 차이가 너무 극심하다. 심각해지는 양극화와 관련된 뉴스를 읽다가 문득 '그러고 보면 영양사와 영양교사는 굶을 일이 없는 직업이구나' 하는 엉뚱한 생각을 하기도 한다.

영양교사로 처음으로 발령받은 곳은 시골에 있는 작은 초등학교였다. 학생 수가 24명밖에 되지 않는 초미니 학교였다. 대기업 영양사로 근무할 때와 달리 식사를 감당해야 할 인원수가 대폭 줄어들어 마음의 부담감도 덜 수 있었다.

입학식 날, 교직원으로서 첫 인사를 하러 설렘 가득한 마음으로 전교생이 모여 있는 강당으로 향했다. 하지만 그날의 주인공은 유난히 작고 귀여운 1학년 남학생이었다. 그 아이는 이곳 시골학교의 유일한 입학생이었다.

오전에 입학식을 마치자 금세 점심시간이 되었다. 아이들이 우르르 급식을 먹으러 왔다. 나에게도 이날이 영양교사로서 맞이하는 첫날이었다. 나는 반가운 마음으로 아이들을 맞이했다. 급식실을 찾아오는 아이 하나하나가 귀여웠지만 그중 가장 눈에 들어온 아이는 바로 1학년 남자

아이였다.

유심히 아이가 밥을 먹는 모습을 보고 있는데, 곧바로 여느 아이와 다른 점을 발견했다. 아이는 식판에서 한 숟가락 음식을 떠먹고 트림을 하고 물을 마셨다. 그리고 또 같은 행동, 떠먹고 트림하고 물 마시기를 반복했다. 절반도 음식을 먹지 못하곤 배가 불러서 더 이상 못 먹겠다고 했다. 1학년 담임교사가 아이 곁에서 많이 먹을 수 있도록 유도하고 격려를 했지만 소용이 없었다.

그러고 보니 아무리 1학년 막내라고 하지만, 아이는 다른 애들에 비해 너무도 왜소했다. 급식을 마치고 담임교사와 대화를 나누었다.

"옆에서 지켜봤는데, 애가 밥 먹고 트림을 계속하더라고요. 왜 그런 걸까요?"

나는 걱정스러운 목소리로 물었다.

"저 아이는 학교 와서 제대로 된 한 끼를 먹은 걸 거예요. 평소에 밥을 못 먹어서 위가 작아져 있는데, 음식물이 계속 들어오니까 몸이 받쳐주질 못하고 트림을 하는 거죠."

담임교사가 답했다.

"오늘이 입학식인데…… 그걸 어떻게 아셨어요?"

곧바로 문제점을 짚어내는 담임교사의 대답이 놀라웠다.

"같은 교회를 다니고 있어 가정 형편을 대충 알고 있었어요. 앞으로 음식 양을 천천히 늘려주는 게 좋을 것 같아요."

그 이후 급식시간마다 내 눈길은 유독 꼬마 친구에게로 향했다. 그 아이는 물론, 그 아이와 비슷한 처지에 있는 아이들을 위해 할 수 있는 게 없을까 하는 고민은 나만 하고 있었던 것이 아니었다. 교직원 모두 같은 마음이었다.

교육청의 지원을 받아 당장이라도 아침 급식을 하면 좋겠지만 여러 여건상 불가능했다. 우선 우유와 시리얼을 준비해서 아침을 거르지 않도록 했다. 급식도 천천히 양을 늘리고 아이가 거부감 없이 섭취할 수 있도록 유도했다. 하루하루 지날수록 아이가 트림하는 횟수가 줄어들었다. 나는 아이와 테이블에 같이 앉아 많은 이야기를 나누며 정서적 유대감을 쌓았다.

아이는 너무도 사랑스러웠다. 밥을 다 먹고 교실로 돌아간 줄 알았는데, 급식실 창문으로 고개를 내밀었다가 숨기를 반복하며 "영양 선생님, 사랑해요" 하고 장난을 치기도 했다. 그리고 급식시간 때마다 음식에 대해 묻기 시작했다.

"우와! 진짜 맛있다. 선생님! 이 새콤달콤 맛있는 건 뭐예요?"

"아, 이건 키위라는 과일이야. 이건 그린키위, 노란색도
있는데 그건 골드키위라고 불러. 붉은 색깔이 도는 레드
키위도 있어. 다음 급식 때 레드키위 먹어볼까?"

"우와! 신난다!"

키위, 파인애플, 오렌지, 샤인머스캣과 같은 당도가 높
은 과일이 등장하면 아이의 감탄사는 더욱 우렁찼다. 질
문 또한 더욱 많아졌다. 즐거워하는 아이의 얼굴에 내 어
릴 적 모습이 오버랩되면서 마음이 찡해졌다.

'급식시간만이라도 과일을 다양하게 내놓자. 비싼 과일
을 맛볼 수 없는 아이들도 급식실에서는 먹을 수 있도록
식단을 구성해야겠어.'

내가 어린 시절에 겪었던 과일과 관련된 충격을 내가
근무하고 있는 학교에 다니는 아이들만큼은 겪지 않게 하
는 일. 영양교사로서 내가 할 수 있는 최선의 일은 그것이
었다. 비단 과일뿐일까? 나는 배달음식 하면 짜장면 아니
면 치킨이었고, 외식 하면 돼지갈비가 동의어였다. 친구
들과 우연히 외식 메뉴에 대해 이야기를 하다가 친구들은
이토록 다양한 음식들을 가족들과 밖에서 사 먹었다는 사

실에도 크게 놀랐다.

영양교사가 된 첫해, 나는 아이들이 겪었거나 겪을지도 모를 '식탁 위의 결핍'을 급식을 통해 조금씩 채워나가는 것'을 목표로 삼았다. 가령 쌀국수를 메뉴로 제공해서 '고수'라는 낯선 채소를 경험해 보게 했다. 과일 못지않게 메뉴 또한 다양하게 식단을 구성했다. 수제햄버거, 연어스테이크, 전복삼계탕, 고르곤졸라 피자……. 지금까지 선보인 음식들에 어린 고객들이 열광적인 반응을 보여 나도 표현할 수 없는 보람과 즐거움을 만끽하고 있다.

급식실 창문을 통해 "영양 선생님, 사랑해요" 하고 사랑스러운 장난을 치던 그 아이는 어느덧 3학년이 되었다. 여전히 과일을 가장 좋아한다. 하지만 이젠 더 이상 처음 보는 과일이 없어져 질문도 사라졌다. 그래서 아주 가끔 섭섭한 마음이 든다.

2년 전 눈을 동그랗게 뜨고 우렁찬 감탄사를 내뱉었던 것처럼 저 녀석을 깜짝 놀래킬 과일이 없을까? 막 떠오르는 과일이 있다. 천국의 맛과 지옥의 냄새를 모두 품고 있다는 두리안! 호불호가 워낙 갈리는 과일이고 단가가 너무 높아 식판에 올릴 수 없지만, 머릿속으로 유쾌한 상상을 떠올려 본다.

4장

배식판 너머,
이토록 정신없고
따뜻한 세계

팔자에도 없을 그 이름,
김치 영양사

음식에도 트렌드가 있고, 세대별로 입맛이 다 다르지만 아직까지 우리 밥상에서 절대 빠트릴 수 없는 불멸의 반찬이 있다. 바로 김치다. 급식 업계에서도 김치는 식판 위의 터줏대감이다. 김치는 중요한 찬은 아니다. 때문에 김치 덕에 "급식 참 맛있다"는 평가를 받는 일은 드물다. 하지만 김치가 맛이 없으면 다른 어떤 반찬이 맛이 없을 때보다 많은 고객들의 볼멘소리를 듣기 마련이다.

'김치' 하면 지금도 생초보 영양사 시절의 수난이 떠오른다. 사내식당 세 곳에, 식당별로 영양사가 두 명씩 배치된 기업체에 발령을 받고 막내 영양사가 되어 한동안 어안이 벙벙했다. 그곳은 각 식당별로 식재료는 따로 발주하지만, 같은 메뉴를 고객에게 제공하는 시스템을 유지하고 있었다. 때문에 여섯 명의 영양사가 차례를 정하고 순서대로 메뉴를 짰다. 메뉴도 똑같고, 표준 레시피가 있다고 해도 식당마다 조리사, 조리원이 달라서 맛도 완전히 같을 순 없었다. 같은 메뉴를 제공하더라도 식당별로 고객들의 반응은 제각각이었다. 하지만 유일하게 식당 세 곳에서 똑같은 맛을 내는 유일한 메뉴가 있었다. 그건 바로 김치였다.

하루 24시간 급식하는 식당 세 군데가 유지되는 곳이라고 하면 규모가 쉽게 그려지지 않을지 모른다. 하루에 1만 명 분량의 식사와 300킬로그램의 김치가 소비되는 곳이라고 하면 좀 더 피부에 와닿을까? 매일 이 정도의 식사를 준비하면서 김치를 만들어 낸다는 건 불가능하다. 그래서 김치는 김치공장에서 납품을 받았다. 고객들의 입맛을 고려해 생김치와 숙성김치, 두 종류는 늘 테이블 가운데에 놓아두었다.

그런데 어느 날부터 김치가 맛이 없다는 이야기가 들려오기 시작했다. 최상의 김치 맛을 일정하게 유지하기 위해 매일 김치의 적정 염도와 산도를 체크하고 맛을 볼 영양사가 필요했다. 그 업무는 자연스럽게 막내 영양사인 나에게 떨어졌다. 나는 얼떨결에 '김치 영양사'가 되고 말았다.

김치 영양사라니! 흔한 말로 "멘탈이 붕괴될" 만큼 머릿속이 새하얘졌다. 말 못 할 이유가 있었다. 비록 영양사라고 하지만 나는 어렸을 때부터 김치를 먹어본 적이 열 손가락 안에 들 만큼 김치 맛을 전혀 몰랐다. 매일매일 김치가 입고되면 검식을 해야 하는데, '맛있는' 김치 맛을 모르는 나는 맛을 판단할 기준이 전혀 없었던 것이다.

나는 어릴 적 편식이 대단히 심했다. 집에서 김치는 손도 안 댔고, 학교에서 급식을 먹을 때도 김치를 외면했다. 부모님 두 분이 모두 일을 하고 집에 늦게 들어오셔서 초등학생 때부터 나는 혼자 식사를 차려 먹었는데, 그러다 보니 맛있으면서 간단하게 먹을 수 있는 음식을 선호했다. 햄, 즉석 카레, 라면 등 가공식품의 맛에 길들여지면서 채소, 특히 김치에 대한 거부감은 날이 갈수록 커졌다.

대학생이 되어서도 편식은 여전했다. 하지만 불행 중 다행으로 김치에 대한 몸의 반응은 나아졌다. 냄새는 맡을 수 있을 정도로 변했고, 편식하는 습관에서 벗어나려고 볶음김치부터 시작해서 보쌈김치를 거쳐 나중에는 카레라이스를 먹을 때 김치를 곁들여 먹을 수 있는 수준에 이르렀다.

그러다 대학교 3학년 때, 극단적으로 굶다시피 음식량을 조절하는 다이어트를 하다가 몸에 이상을 느끼게 되었다. 월경을 1년 동안 하지 않았고, 40킬로그램밖에 되지 않는 스스로의 모습을 거울로 보고도 더 마르고 싶다는 강박에 시달렸다. 하나뿐인 딸이 걱정된 엄마는 더 이상은 지켜볼 수 없었는지 곧장 내 손을 이끌고 산부인과로 데려갔다. 그렇게 스스로 멈출 수 없었던 극단적인 다이어트를 중단하고 제대로 음식을 먹기 시작했다. 그 시간들이 나쁜 영향만 남긴 것은 아니었다. 음식을 먹다 보니 나도 모르게 식재료 고유의 맛을 느끼게 되었고 다양한 맛을 음미하게 되었다. 그러는 사이 편식이 사라졌다.

"어, 정옥이 김치 먹네? 언제부터 먹게 된 거야. 진짜 신기하다!"

오랜만에 만난 친척들은 똑같은 반응을 보였고, 집안사람들 사이에서 나의 변화된 식습관은 한동안 입에 오르내렸다. 하지만 편식을 고치자마자 다음 해에 '김치 영양사'가 될 줄은 꿈에도 몰랐다.

'김치 영양사'가 되자마자 '맛이 없어진 원인'을 추적하기 위해 김치 제조공장 업체를 찾아갔다. 가는 발길이 쉽게 떨어지지 않았다. 그나마 고객사 식당 담당자와 동행해서 위안이 되었다. HACCP 인증업체인 그곳은 위생적으로 안전하게 잘 관리되고 있었다. 전처리장, 염수실, 절임실, 세척실, 절임배추 탈수실, 혼합실, 양념 제조실, 상황실 등 모든 제조공정을 살폈다.

온도 관리가 중요한 만큼 사내식당으로 납품되는 김치가 있는 워크인 냉장고를 들어가 살펴보기로 했다. 김치는 온도가 조금이라도 변하면 숙성되거나 무를 수 있다. 확인해 보니 냉장고 온도는 지속적으로 모니터링되며 빈틈없이 관리되고 있었다.

'그럼 무나 배추 맛이 달라진 걸까?'

계절에 따라 물이 많은 배추나 무가 출하될 때가 있는데 그게 원인일 수도 있고, 양념소가 균일하게 무와 배추에 스며들지 않을 수도 있었다. 무와 배추의 원산지, 양념소에 대해서도 체크했지만 뚜렷한 이유는 찾을 수 없었다. 김치 제조공장에서 문제의 원인이 없다는 걸 확인하고 돌아왔다. 각 식당으로 배송된 김치를 보관하는 김치냉장고의 온도 관리가 잘못된 것이 아닐까 추정이 들 뿐이었다.

김치 제조공장을 방문한 뒤로 '김치 영양사'에 대한 부담감과 책임감은 더해갔다. 그날 이후 배식을 하기 전에 테이블에 올릴 김치를 맛보고 PH 테스트페이퍼와 염도계로 측정했다. 고객들의 피드백도 꼼꼼하게 체크하고 '김치 대장'에 기록을 남기며 데이터를 축적해 갔다.

 처음 김치를 검식하는 건 정말 괴로웠다. 100개가 넘는 테이블에 놓여 있는 김치 중 무작위로 여러 개를 검식하는 업무가 곤욕스러웠다. 시간은 정말 약이었다. 하루하루를 버텨 한 달을 맞이하고 그 한 달 한 달을 이겨내면서 나는 차츰 김치 맛에 눈뜨게 되었다. 그리고 평소보다 유독 김치 맛이 좋다는 걸 느끼게 되는 날엔 여지없이 고객 몇몇에게서 김치를 구입할 수 있는지 문의를 들었다. 속으로 드디어 김치 맛을 알게 된 스스로를 대견해했다.

 가장 난감한 순간은 두 식당에서는 김치 맛이 좋다고 하는데, 한 식당에서 고객에게 불만이 들어왔다는 소식을 들었을 때였다. 그 식당은 회사 내에서도 버스를 타고 가야 할 정도로 거리가 있었는데, 연락을 받자마자 당장 달려가도 마땅한 해결책이 없었다. 다시 한번 맛을 보고, PH 테스트를 하고 염도를 측정해도 이상이 없으면 대책이 없었다. 김치 제조공장에 연락해서 제조과정 중 특이

사항을 체크하는 정도밖에. 김치 영양사라는 직함이 부끄러워지는 순간이었다.

차츰 맛을 알아가긴 했지만, 당시에는 겨우 김치 맛에 눈을 뜬 어린이 입맛이라서 영양사라는 전문직이 맞나 싶을 만큼 "평소보다 맛있다", "평소보다 맛없다"라는 단순한 검식 평가 외에 다른 표현을 찾을 수가 없었다. 맛이 없는 김치를 검식하는 날이면 배식하기 전부터 부담과 걱정을 한 아름 어깨에 짊어진 기분이었다. 그저 무사히, 조용하게 이 시간이 지나가길 속으로 기도했다.

하지만 간절한 기도도 소용없는 날이 많았다. 김치 맛에 일가견이 있는 고객과 남다른 미각을 지닌 고객의 컴플레인이 쏟아지면 다시 김치 제조공장을 찾아가 점검을 하는 수밖에 없었다. 신기하게도 서너 달에 꼭 한 번씩은 김치가 평소보다 맛이 없을 때가 있었다. 고객사 담당자와 함께 김치 제조공장을 가는 차 안에서 나는 김치를 주제로 한 노래의 가사를 떠올렸다.

"김치 없인 못 살아, 정말 못 살아."

그리고 곧바로 가사를 바꾸며 이 순간의 부담감을 잠시 덜어냈다.

"김치 땜에 못 살아, 정말 못 살아."

끔찍한 직장 호러무비의
주인공

섬뜩한 순간, 등골이 오싹해지면서 손발이 땀으로 젖는다. 보통 스릴러나 호러 영화를 보면 겪게 되는데, 직장생활을 하다가 보면 1년에 한두 번 이런 순간이 있다. 순탄하고, 한편으론 무료한 내 일상이 끔찍한 공포영화가 되고, 직장이 무시무시한 무대가 된다. 하루에도 수십 번 숫자가 대화에서나 머릿속에서 정신없이 오가는 영양사에 겐 수많은 함정이 숨어 있다. 그중 대형사고의 불안을 늘 안고 있는 업무는 바로 식재료 발주이다.

나는 원래 무엇인가에 집중하면 주변 소리를 듣지 못한다. 그래서 가족들에게 자주 볼멘소리를 듣는다. "그러다 티브이에 들어가겠다", "부르면 대답 좀 해"와 같은 말은 초등학생 때부터 귀에 못이 박히게 들었다.

그러나 영양사가 된 다음에는 정반대가 되었다. 몰입해 있다가도 내 귀는 작은 소리에도 민감하게 반응하기 시작했다. 가령 식재료 검수를 마치고 사무실 자리에 돌아와서 다른 업무에 집중하고 있다가도 조리장에서 식재료를 찾는 조리사와 조리원의 목소리가 들리면 이내 온 신경이 두 사람의 대화에 쏠린다.

"……뭔 소리야? 조리 계획서에 돼지고기 카레짜장용 적혀 있잖아. 빨리 가져와."

"조리사님, 진짜라니까요. 불고기용이랑 탕수육용 돼지고기는 있는데, 카레짜장용은 없다니까요."

"박스 뜯어서 확인했어? 겉에 붙어 있는 라벨만 본 거 아니냐고. 내용물 확인한 거야?"

"다 뜯어서 확인했는데 없어요."

없어요, 어요, 요……. 마치 불길한 사건을 암시하는 듯한 이 대사의 마지막 마디가 긴 여운을 남기면 등골이 오싹해지고 땀이 나기 시작한다. 하던 일을 멈추고 즉시 식재료 입고 현황부터 파악한다. 식재료 발주가 누락된 것인지, 발주 사양이 잘못된 것인지, 입고되었는데 못 찾은 것인지 확인이 필요하다. 이 세 가지 가정은 모두 겪어봤다. 입고된 것은 어떻게든 찾게 되는데, 발주가 누락되었거나 발주 사양이 잘못된 것은 어떻게든 당장 대안을 찾아야 한다.

발주가 누락되었거나 잘못 입고되는 등의 문제가 벌어지면 수발주CRM(영양사가 발주한 품목 확인 및 판매 중단 제품을 공지, 발주 누락 및 미입고 확인 및 식재료 컴플레인 처리 등을 담당하는 사람)에게 연락을 취해 누락된 식재료를 추가로 받을 방법 혹은 교환이 가능한지 문의한다. 연차가 쌓이고 보니 식재료 품목에 따라 어떤 대답이 돌아올지 예상이 되긴 하지만, '어쩌면 될지 몰라' 하고 지푸라기라도 잡고 싶은 심정으로 수발주의 연락을 기다린다.

과일이나 채소는 곧바로 추가로 구입할 수도, 교환할 수도 있는 경우가 많다. 하지만 절대 당일에 구할 수 없는 식재료가 있다. 바로 묵 관련 식재료와 테이크아웃 코스로 제공되는 샌드위치, 떡, 케이크, 호두과자 같은 완제품이다. 식재료 대부분은 보통 급식으로 제공되기 이틀 전에 발주된다. 하지만 묵은 사흘 전(D-3), 샌드위치나 떡은 나흘 전(D-4)에 발주해야 한다.

보통 월요일에는 수요일 석식, 야식, 새벽식, 목요일 조식, 중식까지의 식재료를 발주한다. 그래서 평일에만 운영되는 사내식당에 근무할 때는 발주가 없는 목요일이 가장 여유로웠다. 마음 놓고 커피도 음미하고 선임 영양사와 일상적인 대화도 나눌 수 있는 호사를 누렸다.

D-3이나 D-4가 있는 발주는 신경을 많이 써야 했다. 발주 타이밍을 놓치면 손쓸 수 있는 방법이 전혀 없었다. 다른 식재료야 급한 대로 대형마트로 달려가 구입할 수 있지만 식단표에 공지된 '케이준키친 샌드위치', '까망베르 치즈케이크'와 같은 제품을 한 번에 몇백 개씩 구입할 순 없다. 언젠가 동료 영양사가 테이크아웃 메뉴를 누락한 채 발주한 사건이 벌어진 후부터 영양사들이 교차 발주 확인을 하게 되었다.

인터넷 유머 커뮤니티에서 우연히 보게 된 게시글 중 '웃픈' 사진을 본 적이 있다. 배식판 옆에 어울리지 않게 큼직한 주스팩이 자리를 잡고 있었다. 사진 아래에는 다음과 같은 설명글이 있었다.

급식 대참사! 우리 학교 진짜 이상해. 발주 잘못 넣어서 쥬시쿨 1L
짜리 배식함.

대다수 사람들은 웃고 넘길 사진이었지만, 영양사인 나는 '쥬시쿨' 1리터짜리 팩이 입고되었을 때 당황하는 영양교사의 모습이 보이는 것만 같았다. 그는 업체에 연락해서 용량이 작은 팩으로 교환이 가능한지 문의했다가 불가하다는 통보를 받고 그대로 배식할 것인지, 컵에 따라 배식하고 다음에 두 번, 세 번 나눠서 제공할지 고민했을 것이다. 그러다가 유통기한이 짧다는 사실을 깨닫고 어쩔 수 없이 배식했을 것이다.

나도 이런 실수를 한 적이 있다. 기업체의 영양사로 근무할 때 처음으로 특식을 발주하게 되면서 사달이 났다. 어쩌면 이런 일이 벌어지려고 주변 상황도 그렇게 조성된 듯싶다. 하필이면 영양사의 인사이동이 급작스럽게 벌어지며 발주 업무에 대한 인수인계가 제대로 이루어지지 않았다. 그 상태에서 발주를 하게 되었다. 선임 영양사가 일반식의 발주를 맡았고, 후임인 나는 테이크아웃과 특식의 발주를 맡게 되었다. 선임 영양사도 후임에서 진급이 된 처지라 처음으로 일반식 발주를 담당하게 되어 하루하루 버겁게 업무를 보고 있었다. 특식 발주를 내본 적도 없어서 내가 물어본다고 해도 뾰족한 답변을 기대하기 어려웠다.

인사이동 이전 이곳 사내식당의 선임이었던 영양사에 게서 두 가지 주의사항만 전달받을 수 있었다. 예전에 만 들어진 특식 레시피를 검색해 1인분량을 참조할 것. 사양 은 비고란에 적힌 그대로 입력할 것. 나는 두 가지를 머릿 속에 새겼다. 비고란에는 주 식재료의 발주 사양이 적혀 있었다. 보쌈 레시피에 주 식재료인 돼지고기 비고란에 '5×7cm 수육용'이라고 적혀 있으면 발주할 때도 그대로 적어주기만 하면 되는 단순한 작업이었다. 이렇게 적어주 면 납품업체에서는 영양사가 원하는 사양대로 식재료를 절단해서 보내주었다.

사달이 난 그날, 내가 발주한 특식의 메뉴는 안동찜닭 이었다. 비고란에는 '닭 비고: 8조각'이라고 적혀 있었다.

'여덟 조각을 낸 닭을 받아야 하는 건가 보구나.'

나는 별다른 의심 없이 비고란에 8조각을 적었다. 발주 를 재확인할 때에도 이것이 잘못됐다는 사실을 미처 몰랐 다. 여덟 조각을 낸 닭고기가 입고되던 날, 평소 웃음이 많던 특식 담당 조리사가 심각한 표정을 짓고 사무실로 들어왔다.

"하아…… 영양사님, 조리장으로 좀 나와보세요."

"네? 무슨 일 있어요?"

"이것 좀 보세요. 왜 이렇게 큰 닭이 들어온 거죠? 안동찜닭 먹어보셨죠?"

"그러게요. 왜 이렇게 큰 게 들어온 거죠? 저는 레시피 맞춰서 발주했는데……."

다른 사내식당에서 근무 중인 선임 영양사에게 곧바로 전화를 걸었다.

"언니, 안동찜닭용 닭이 사양이 큰 게 들어왔어요. 저는 분명 언니가 알려주신 대로 특식 표준 레시피에 있는 비고 사양 꼼꼼히 확인해서 발주했는데…… 왜 이런 걸까요?"

"비고에 뭐라고 적었어?"

"8조각요."

"뭐라고? 안동찜닭은 비고에 아무것도 적으면 안 돼. 비고에 적힌 8조각은 배식할 때 여덟 조각을 주란 소리야."

"네에? 인수인계 할 때 그런 말은 들은 적이 없는데요."

"레시피가 좀 많아야지. 그렇다고 일일이 하나하나 알려줄 순 없잖아."

"아…… 네, 알겠습니다."

순간 억울하고 착잡한 기분이 들었다. 하지만 분명 내 잘못이었다. 비고에 적힌 내용이 무엇을 의미하는지 한

번 더 생각해 보지 않은 탓에, 식재료 발주 사양에 대한 이해 없이 그저 발주 내기에 급급한 탓에 벌어진 참사였다. 하지만 눈앞에 펼쳐진 상황에서 후회도 사치였다. 당장은 이 상황을 해결해야 한다.

나는 곧바로 육류 납품업체에 전화를 걸었다.

"사장님. 안녕하세요. 저희 오늘 입고된 닭 250킬로그램 사양을 잘못 발주했는데, 교환은 어렵겠죠?"

"네. 저희도 여덟 조각 비고 맞추느라 신경 많이 썼습니다. 근데 발주가 잘못됐나 보네요? 닭은 냉장제품이라 저희가 재판매하기도 어렵습니다. 죄송합니다."

"아…… 그렇죠. 그럼 혹시 작은 사양으로 절단만 도와주실 순 없을까요?"

"죄송하지만, 그것도 저희가 지금 정해진 일정이 있어서 어려울 것 같습니다. 거리가 멀기도 하고요. 가까운 정육점에 문의해 보시는 게 좋을 것 같습니다."

"네. 감사합니다."

근처 정육점에 전화를 돌려보았지만, 절단 작업을 해준다는 곳은 없었다. 절망적인 소식을 듣고 마음이 무겁게 내려앉은 상태에서 조리장으로 나갔다. 특식을 담당하는 조리사와 조리원의 매서운 시선이 내 얼굴에 꽂히는 것 같았다. 어쩌면 그들은 그저 업무사항을 기다리며 쳐다본 것인데, 죄책감을 한가득 짊어진 내가 그렇게 느끼는 것일지도 몰랐다.

"죄송해요. 육류 납품업체에도, 근처 정육점에도 다 전화해 봤는데 방법이 없다네요."

"아이고. 어쩔 수 없지. 오늘 팔 운동 제대로 하게 생겼네. 다들 칼 제일 잘 드는 거 들고 모여!"

"이 많은 닭을…… 정말 죄송해요."

"그럼 영양사님도 칼 들고 와서 같이 합시다."

"그럼요, 그래야죠! 전날 급식 일 마감할 거 정리만 하고 바로 나올게요."

급한 업무만 처리하고 조리장으로 달려가 닭 절단 작업을 함께했다. 손질 속도도 조리사와 조리원들보다 느리고 칼질도 서툴렀지만, 어떻게 해서든 내 실수로 벌어진 일에 대한 부담을 덜어주고 싶었다. 다행스럽게도 절단 작업은 신속하게 이루어졌고, 안동찜닭도 점심 특식으로 무사하게 제공할 수 있었다.

조리장에서 조리사, 조리원들과 한바탕 작업을 하고 나니 영양사의 선택이 함께 일하는 동료들의 업무에 얼마나 큰 영향을 미치는지 새삼 깨닫게 되었다. 이를테면 '블랙

올리브캔' 가공식품에도 올리브 형태를 그대로 살린 캔이 있고, 슬라이스 형태로 손질된 캔도 있다. 슬라이스된 캔을 구입하면 조금 더 비싸지만, 조리사 입장에서는 올리브를 써는 업무를 줄일 수 있다.

날이 갈수록 식재료 시장에서도 많은 제품들이 새롭게 개발되고 출시된다. 늘 주문하던 품목만 선택하기보다 동료의 입장에서 작업에 더 적합한 제품을 찾고, 적합한 사양을 찾는 노력이 필요하다.

누구나 실수하지만, 똑같은 실수를 반복하는 건 직무유기이다. 통과의례처럼 생각지도 못한 여러 실수를 통해 노련한 직업인으로 담금질되는 것 같다. 하지만 앞으로 또 얼마나 예상하지 못한 온갖 돌발상황이 벌어질지 떠올리는 것만으로도 오싹한 호러무비의 주인공이 된 듯 눈앞이 깜깜하다. 부디 그 무시무시한 영화가, 어찌됐든 결말은 '해피 엔딩'으로 이어질 수 있기를 빌어본다.

급식은 사람'들'로
만들어진다

영양사, 조리사 다툼에 점심 굶어…… 교육청 감사 착수

계약직 영양사 머리채 잡고 끌고 다닌 조리사

 인터넷 뉴스의 헤드라인을 보고 가슴이 철렁했다. 영양사와 조리사의 갈등은 비단 어제오늘의 일이 아니다. 회사라는 곳은 나이보다는 직급과 직위가 우선되는 시스템으로 돌아간다. 사원에서 대리로, 대리에서 과장으로, 과장에서 차장으로 진급하고 그에 따라 업무와 대우도 달라진다.

 하지만 급식 종사자들의 세계는 다르다. 일반 회사와

같이 진급이라는 시스템은 있지만 영양사로 입사해서 직급이 올라가도 결국은 영양사이고, 조리사로 입사해서 직급이 올라가도 조리사이다. 영양사와 조리사는 전혀 다른 직군이지만, 매일 함께 급식소에서 일할 만큼 밀접한 관계를 유지하고 있다. 그 때문에 말 못 할 갈등이 빚어진다. 특히 사회 첫발을 내딛은 새내기 영양사와 경력이 20, 30년 넘는 조리사가 엮이게 되면 백이면 백 문제가 발생한다.

20대 초반의 영양사는 업무 의욕이 넘치는 상태로 일을 시작한다. 그동안 공부해 온 이론과 틈틈이 실습해 온 경험을 바탕으로 조리 계획서(작업 지시서)를 만들고 그에 따라 식재료를 발주한다. 오랜 경험을 습득한 조리사는 현장에서 가장 적합한 양념류, 식재료를 만들기 위해 재료와 양이 어느 정도 필요한지 꿰고 있다. 노련한 조리사의 눈에 갓 입사한 영양사가 여러모로 부족하고 답답해 보일 수 있다.

처음부터 능숙하게 일 잘하는 사람이 어디 있을까? 일반 회사에서는 새내기 사원의 적응을 돕기 위해 처음에는 간단한 업무부터 주기도 하고, 선배가 도움을 주기도 한다. 하지만 급식의 세계는 다르다. 당장의 성과가 매일 식판이라는 결과물로 드러난다. 고객들의 반응도 곧바로 일어난다. 천천히 배워가며 적응할 여유가 주어지지 않는다.

최상의 급식은 영양사, 조리사, 조리원의 팀워크와 정성으로 이루어진다. 실무 경험이 부족한 영양사와 현장을 너무 잘 아는 조리사는 식단, 식재료 발주, 검수 등 모든 과정에서 의견이 엇갈릴 수 있다. 소통이 되지 않으면 관계가 어려워지고 감정이라는 것이 둘 사이의 틈을 벌린다.

신규 영양교사를 대상으로 '소통'을 주제로 워크숍 강의를 한 적이 있다. 강의 전에 설문조사를 통해 가장 궁금해하는 내용을 알아보니 그들은 바로 '조리사와의 커뮤니케이션'에 많은 부담을 안고 있었다. 이 문제를 주제로 강연 PPT를 제작하면서 나도 모르게 지금까지 함께 근무한 조리사들의 얼굴이 머릿속을 지나갔다.

열 명 남짓한 조리사들과 근무했는데, 가장 먼저 떠오르는 감정은 불편함과 괴로움이다. 그 당시 나에게 상처 주었던 말을 거칠게 퍼부었던 사람의 표정, 억양, 말투까지 지금도 머릿속으로 생생하게 되살아난다. 부정적인 경험은 쉽게 사라지지 않고 오랫동안 뇌리에 남아 있는 모양이다.

영양사가 된 첫해의 나 자신을 돌아보면 사실 여러모

로 미숙했다. 그런 나를 유독 악의 어린 시선으로 바라보는 조리사가 있었다. 어느 날 함께 점심을 먹는 자리에서 나에게 "당신 입은 먹는 입이 아니라 주둥이"라는 막말을 쏟아냈다. 순간 참을 수 없는 분노가 머리끝까지 치밀어 올랐다. 하지만 열다섯 살이나 위인 조리사에게 똑같이 되받아쳐 줄 순 없었다. 그는 오랫동안 그곳에서 자리 잡은 베테랑이었다. 화가 난다고 해서 그와 크게 다투고 나서 나의 업무며, 조리장의 분위기를 감당할 수 있을지도 걱정이 됐다. 별수 없이 나는 그의 지독한 텃세를 감내하며 현장 업무를 익혀야 했다.

이론과 실습으로 배웠던 영양사의 업무와 실제 현장은 전혀 별개의 세계였다. 특히 조리사들과의 관계에 신경을 쓰는 일은 식단이나 식재료를 발주하는 본래 업무보다 더 힘들었다. 선임 영양사가 자율권을 줘서 조리사가 조 편성을 친한 조리원들로 무리 짓는가 하면, 세척작업처럼 힘든 일만 계속해서 도맡은 조리원도 있었다. 참다못한 조리원이 선임 영양사를 찾아와 조리사가 편애하고 차별해서 일하기 힘들다는 하소연을 쏟아내기도 했다. 그리고 조리장에서 심심찮게 들려오던 욕설과 몸싸움까지⋯⋯

지금 돌아봐도 영양사가 되고 처음 겪은 몇 달 동안의 기억은 참 씁쓸하다. 이러한 환경에서 아침 7시 출근, 밤 10시 퇴근으로 계속 근무하다 보니 나중에는 '이곳에 적응하지 못하는 내가 이상한 걸까?' 싶은 생각까지 들었다.

그 당시 나는 사람 사이의 갈등에서 신입인 내가 할 수 있는 역할은 없다고 생각했다. 텃세를 부리는 베테랑 조리사와의 관계에서도 괴로운 내가 매일 티격태격하는 조리사와 조리원 사이에서 어떻게 중재자 역할을 할 수 있을까? 더구나 내 위에는 선임 영양사가 있었다. 선배가 제 역할을 해주리라 믿었다. 그러한 태도는 사실 방관이었다.

방관자적 자세는 결국 나에게 화살이 되어 돌아왔다. 멜론 스무 개가 식재료로 들어오는 날이었다. 하나를 샘플로 골라 당도계로 찍어 브릭스(Brix)를 확인했다. 검식도 해서 당도와 숙성도를 모두 확인했다. 그런데 검수가 끝난 지 한참 후 조리사 한 사람이 멜론을 썰다가 큰 소리를 내며 나를 불렀다.

"영양사님, 멜론 검수 안 했어요?"

"했습니다. 당도계로도 확인했고, 검식도 했어요."

"이거 한번 먹어봐요. 이게 달아요? 이런 거 내놓으면

바로 컴플레인 걸립니다."

조리사는 썰다 만 멜론 한 조각을 나에게 들이밀었다.

나는 바로 입에 넣어 맛을 확인했다. 억울하게도 정말 단맛이 떨어졌다.

"조리사님 말씀이 맞네요. 제가 확인한 샘플은 괜찮았는데…… 멜론을 일일이 확인할……"

"아, 됐어요. 됐어."

싹둑 말을 자르더니 그는 뒤도 안 돌아보고 자리로 갔다. 그나마 '영양사님'이라는 존칭을 불러준 것이 다행이라고 해야 할까? 그렇지만 호칭만 '영양사님'일 뿐, 존중 없이 내뱉는 말과 조리사의 텃세는 한동안 계속됐다.

하루는 포도가 들어왔는데, 송이를 잡고는 세게 흔들면서 포도알이 떨어지면 덜 싱싱한 거라며 전량을 교환해야 한다고 으름장을 놓았다. 알이 떨어지지 않고는 못 배길 만큼 세차게 흔들어 놓고 교환이라니. 그 포도는 업체에 교환해 달라고 하기 민망할 정도로 품질이 좋았다.

이런저런 트집이 계속되자 나도 더 이상 참지 않았다. 똑같은 방식으로 목소리를 높여 조리사의 태도를 지적하기도 하고, 조리장을 벗어나 조용한 자리에서 차분하게 대화를 나눠보기도 하고, 좋은 관계를 유지할 수 있도록 회식 자리를 마련하기도 했다. 하지만 상황은 쉽게 바뀌지 않았다. 내가 할 수 있는 모든 방법이 소용없다는 걸 깨닫고 선택한 것은 운동이었다. 나는 퇴근 후 주짓수를 배우기 시작했다. 차라리 격렬한 운동을 하면 스트레스라도 풀 수 있지 않을까 생각했다. 운동에 집중해서 땀을 흘리고 나면 한결 기분이 좋아졌다.

선임 영양사가 퇴사하고 새로운 선임 영양사가 오면서 나의 고민도 거짓말처럼 해결되었다. 새로운 선임 영양사는 육아휴직 후 복직했는데 경력이 많고 노련한 분이었다. 출근 첫날부터 조리사와 조리원의 관계, 조리사와 후임 영양사와의 관계를 파악하더니 얼마 안 가 문제점을 찾아내고 개선해 나가기 시작했다.

먼저 조리원의 조를 편성하는 일부터 챙겼다. 예전처럼 서로 친한 조리원들만 구성된 조를 인정하지 않고 다시 짜라고 했다. 조리원 사이에서도 편 가르기가 있었는데, 이참에 새롭고 다양한 사람들로 조가 구성되니 조리원들의 불만이 줄어들었다. 그리고 식재료를 다루는 역할은 조리사들이 맡은 만큼, 검수 과정에서 수량은 영양사가, 품질은 조리사가 확인하는 것으로 역할을 나누었다. 조리장 안에서의 언행에도 주의를 주었다. 서로 간의 반말은 물론, 욕설을 하지 말 것과 경력이나 나이가 어리다고 후임 영양사에게 인격적인 손상을 가하지 말 것을 엄격하게 이야기했다. 그리고 이런 일들을 위반할 경우 SM(영양사와 조리사 인사관리와 전체 사업장 관리를 하는 회사의 중간 관리자)에게 지체 없이 보고하겠다고 했다.

자신이 세운 확실한 원칙과 운영 방침을 구성원들에게 이야기하는 선임 영양사의 카리스마 넘치는 모습을 보며 나는 급식소 총 책임자의 역할을 어렴풋이 떠올려 보았다. 새로운 환경과 동료들에 적응하기에 급급한 초보 영양사인 나에게 그분은 멀게만 느껴졌다. 과연 나도 저 자리까지 진급해서 저렇게 조직을 다스릴 만한 역량을 키울 수 있을까? 마치 갓 입학한 중학생이 대학교 졸업생을 보는 기분이었다.

공교롭게도 처음 사회생활을 시작했던 그 해가 나에겐 영양사로서 가장 힘들었던 시기였다. 그 이후 선임 영양사를 거쳐 영양교사가 된 지금까지 조리사와 조리원과는 의견이 다를 때도 있지만, 언성을 높이거나 험담을 주고받을 만큼 갈등을 빚은 적은 없다. 좋은 선임 영양사를 만나 알게 모르게 많은 영향을 받고, 갖가지 상황을 겪으면서 단련이 된 것 같다. 어느 직업이나 마찬가지겠지만, 전문가는 햇살에 깎이고 바람에 다듬어지는 바위처럼 오랜 시간에 걸쳐 만들어진다.

음식뿐 아니라 조리사, 조리원 사이에서 벌어지는 다양한 문제도 최상의 급식을 만들기 위해서 영양사가 반드시 풀어야 하는 중요한 과제였다. 흔히들 아무리 재료가 좋다고 해도, 맛을 살리는 건 음식 만드는 사람의 손맛이라고 한다. 급식도 이와 비슷하다. 아무리 좋은 식재료가 입고되었다고 한들, 수천 명에게 맛있는 식사를 대접하기 위해서는 그 음식을 함께 만들어 가는 사람들의 조화가 필요하다.

가장 나중에 건넬 수 있는
진짜 선물

영양사로 입사하고 처음 참석한 전체 회식 날은 굉장히 인상적이었다. 남부권에 근무하는 모든 영양사와 조리사가 한자리에 모였다. 신입 영양사들은 자리가 자리인 만큼 긴장된 마음으로 정장까지 차려 입었다. 신입 영양사들이 자기소개를 하면서 자리는 무르익어 갔다.

　긴장도 조금 풀리면서 나는 처음에 전혀 의식하지 못했던 분위기를 간파했다. 보아하니 성과 평가를 담당한 높은 직급의 관리자 주변에 낯익은 영양사들과 조리사들이 보였다. 그들은 흔한 말로 '라인을 잘 탄다'는 구성원들이었다. 입사한 지 얼마 되지 않았지만 나도 주변에서 들리는 여러 말들과 내 눈에 보이는 장면들을 통해 그들의 존재를 조금은 알고 있었다. 그들은 관리자 주변에 자리를 잡고 그의 말 한마디에 웃음을 터트리거나 감탄사를 쏟아냈다.

'사회생활을 잘하려면 업무를 잘하는 건 기본이고, 회식 자리에서도 잘 보여야 되는 건가?'

승진의 키를 쥐고 있는 직장상사의 주변은 회식 자리에서도 공기가 달랐다. 사실 회식會食이란 말 그대로 여러 사람이 모여 함께 음식을 먹는 것이다. 그런데 이런 자리조차 정치적인 관계가 끼어드는 것 같아 불편했다. 오히려 나는 직급이 높은 관리자와 함께하는 것이 부담스러워 멀찍이 떨어져 앉았다.

그러던 어느 날, 성과 평가를 담당하는 관리자가 인사도 없이 퇴사했다는 소문이 퍼졌다. 입사 이후 회사에서 얼굴을 아는 사람이 퇴사하는 건 처음이었다. 더구나 그 사람이 바로 모든 사원들이 잘 보이려 했던 관리자였기에 더욱 퇴사한 이유가 궁금했다. 며칠 후 납품업체를 선정하는 과정에서 부정이 있었다는 이야기를 전해 들었다. 그간 추상적으로만 생각했던 '청렴'이라는 직장인의 덕목을 영양사의 자리에서 구체적으로 생각해 보는 계기가 되었다.

대기업 단체급식은 구매를 담당하는 부서가 따로 있다. 워낙 식재료의 수량과 물량이 크다 보니 독립적으로 구매 역할을 따로 맡긴다. 때문에 영양사는 식재료만 발주할 뿐, 납품업체를 선정하지 않는다. 나는 혹시나 벌어질지 모르는 오해를 애초에 방지할 수 있는 이러한 시스템이 편안했다.

언젠가 "뇌물 받은 영양사" 뉴스로 한동안 주변이 떠들썩했던 때가 있다. 이런 사건이 터지면 사내식당 분위기가 묘해진다. 식사를 하러 온 고객들의 눈빛도 평소와 달라진다. 조금만 급식이 이상하면 묘한 눈초리를 받게 돼 평소보다 식단과 메뉴 관리에 신경을 쓰게 된다.

비단 영양사만의 문제는 아니다. 직장생활을 하는 사람이라면 선물과 뇌물의 기준을 가지고 있어야 한다. 장난스럽게 "위에서 아래로 흐르면 선물, 아래에서 위로 흐르면 뇌물", "현직을 떠난 후에도 문제가 안 생기면 선물, 그렇지 않으면 뇌물" 등으로 기준을 설명하는 말들도 있다.

그럼에도 선물과 뇌물의 차이가 애매모호할 때가 있다. 직급이 오를수록 이런 일들이 조금씩 벌어졌다. 받자니 내가 부담스럽고, 안 받자니 상대가 이런 것까지 막느냐며 서운해한다. 나는 나름대로 선물에 대한 기준을 세웠다. 같이 근무하는 동료가 보는 앞에서 주고받을 수 있는 것이 아니라면, 이 물건을 받고 업무 지시를 내릴 때 조금이라도 마음이 불편해진다면 선물이 아니라고 기준을 잡았다.

입사 4년째 되던 해, 나는 사랑하는 사람을 만나 결혼을 하게 되었다. 결혼식을 앞두고, 직송으로 과일을 납품하는 업체 담당자에게 신혼여행으로 일주일 동안 자리를 비우게 되어 다른 사람이 검수하게 된다는 소식을 전했다. 매일 과일 검수를 하면서 얼굴을 익히고 웃으면서 안부를 나눌 만큼 친해진 사이였다. 나는 연배가 다소 있어 보이는 그분을 "사장님"이라고 불렀는데, 그분은 나의 결혼을 진심으로 축하해 주었다. 다음 날 과일 검수를 마치고, 그분이 조용히 나를 불렀다.

"결혼식장이 너무 멀어서 못 갈 것 같아요. 그래서 준비했어요."

그가 내민 하얀 봉투를 보고 나도 모르게 기겁하고 말았다.

"아니, 사장님. 이게 뭐예요. 아니에요. 마음만 받을게요."

"우리 사이에 이 정돈 챙겨줄 수 있잖아요. 받아요. 못 가는 것도 미안한데, 이러면 내가 민망해요."

"죄송해요. 정말 마음만 받을게요. 저희 규정에도 업체 축의금은 못 받게 되어 있어요."

"아무한테도 말 안 할 거예요. 작은 성의라 생각하고 받아주세요."

하얀 봉투를 두고 여러 번 설전이 오간 끝에 나는 끝 끝내 받지 않고, 홀가분하게 신혼여행을 다녀왔다. 휴가를 마치고 돌아와 보니 내 책상서랍에 그 하얀 봉투가 들어 있었다. 대체 어떻게 내 자리에 들어 있는 것인지, 과일 납품 시간을 기다리고 있는 내내 마음이 불편했다. 그래서 선임 영양사에게 상황을 설명했다. 자초지종을 들은 선임 영양사와 봉투를 확인해 보니 '작은 성의'라는 말이 무색하게 20만 원이라는 돈이 들어 있었다. 선임 영양사는 과일 업체 담당자에게 돌려주라며, 혹시 그 자리에서도 거절하면 자기가 나서서 돌려주겠다고 했다.

"과일 사장님, 안녕하세요?"

"아이고, 오랜만이네요. 신혼여행은 재밌으셨어요?"

"네, 아주 좋았어요. 그런데 사장님 어제 제 서랍에 축의금을 놓고 가셨어요. 돌아와서 깜짝 놀랐어요."

"영양사님이 하도 안 받아가지고 서랍에 넣어뒀지."

"누가 제 서랍 열 일은 없지만, 혹시라도 분실됐으면 어쩌시려고…… 여기 축의금은 돌려드리겠습니다."

"또 이런다. 축하 안 해주면 내 마음이 더 불편해서 그런 건데……."

나중에 알고 보니 그 돈은 개인이 아니라 과일 업체에서 준비한 축의금이라는 것을 알게 되었다. 내가 "사장님"이라 부르는 분은 경매와 배송을 담당하는 직원이었다. 개인이든 업체든 부담스러운 축의금을 받지 않아서 다행이었다.

과일은 가공식품과 다르게 늘 일정한 당도와 품질을 유지하기가 어려운 품목이다. 때문에 교환이 자주 이루어진다. 하지만 교환을 요청받은 과일 업체는 다른 업체에 납품을 하거나 시장에서 되팔아야 한다. 몇백 킬로그램에 이르는 과일을 팔지 못하면 손해를 떠안게 된다. 이런 사정을 모르는 것은 아니지만, 고객들에게 제공하기 어려울 정도로 신맛이 강하거나 단맛이 없는 과일은 반품할 수밖에 없다.

축의금 명목으로 돈을 받았다면 과연 내가 떳떳하게 과

일을 검수할 수 있었을까? 고지식한 성격 때문에 축의금을 받을 리 없지만, 그렇게 되었다면 수준 이하의 과일을 받고 마음고생을 심하게 앓았을 것 같다. 어쩌면 영양사란 자리에서 생각보다 빨리 물러났을지도 모르겠다.

임용고시에 최종적으로 합격된 것을 확인하고 9년 가까이 다녔던 직장을 그만두었다. 사직서를 쓰며 내가 꿈꾸던 계획이 이루어져 행복하기도 했지만, 한편으론 직장 선배와 상사에게 내 마음대로 선물을 할 수 있는 사이가 되어 기뻤다. 마지막 회식이자 내가 주인공이었던 송별회에서 나는 누구의 눈치도 보지 않고 내가 준비한 선물을 그분들에게 건네줄 수 있었다.

밥벌이 너머
인생의 세계

육아휴직 기간에 줌바댄스를 배우며 친해진 언니가 있다. 아이를 낳으면 아이에 따라 엄마의 입장에서 관계가 맺어지는 사이가 많은데, 이 언니와는 운동으로 인연이 맺어지고 성향이 비슷해 잘 어울리게 되었다. 스스럼없이 서로 속내를 드러낼 수 있는 사이가 되었다.

언니는 특수학교에서 아이들을 가르치고 치료하는 특수교사였다. 대학에서 언어치료를 전공한 뒤로 지금까지 쭉 이 일을 하고 있는데 사람들에게 좋은 일을 한다, 착한 일을 한다는 말을 듣는 것이 영 불편하다고 했다. 봉사활동을 하는 것도 아니고, 꼬박꼬박 월급을 받으면서 자기에게 주어진 일을 할 따름인데 자기 직업이 너무 미화된 것 같다는 생각이 들 때가 있다고 했다. 그렇다고 순전히 돈 벌려는 목적으로 이 일을 하는 건 아니라며, 치료사나 교사가 특수 학생에게 미치는 영향력이 크다 보니 아이들에 대한 연구나 교육법에 더 신경을 쓰기는 한다고 했다.

"언니는 충분히 칭찬받을 자격이 있어. '월급 루팡'이란 말 못 들어봤어? 월급 받으면서 대충대충 일하는 사람이 얼마나 많은데. 몸도 마음도 늘 기본에 충실할 수 있다는 것, 그 자세만으로도 대단한 거야."

나는 소심하고 착한 언니에게 타박 같기도 하고, 칭찬 같기도 한 말을 쏟아내면서 문득 어떤 이들을 떠올렸다. 바로 조리장 안의 조리사들이었다.

기본에 충실한 직업. 세상에 이러한 직업이 너무도 많다. 오늘 오픈마켓에서 주문한 물품은 내일 도착하는 것이 당연하고, 아침 출근길 지하철은 3분 간격의 배차 시간을 유지하는 것이 마땅하고, 점심시간 직장에서 나오는 급식에 먹을 만한 반찬이 있는 것은 지당한 일이다. 그런데 이 당연한 일이 유지되기 위해 택배기사와 지하철기관사 그리고 조리사가 어떻게 일을 하고 있는지 알고 있는 사람은 몇이나 될까? 나는 적어도 택배기사와 지하철

기관사의 노고를 뉴스를 통해 어렴풋이나마 알고 있지만, 조리사가 처한 환경과 어떤 일을 어떻게 하고 있는지는 잘 알고 있다.

영양사가 되어 조리사, 조리원들과 근무하면서 수많은 사람의 끼니를 책임지는 일에 얼마나 많은 정성이 들어가는지 알게 되었다. 물론 가족을 위한 어머니의 마음과 같다고는 할 수 없다. 어머니 같은 세심한 정성을 쏟기엔 환경이 따라주질 못한다. 급식을 만들기 위한 조리장에는 작은 프라이팬이 아닌 지름이 두 팔 길이 정도 되는 크고 깊은 솥이 있고, 뒤집개 대신 스테인리스 재질의 삽이 있다. 휘적휘적 저으며 맛을 내는 대신 많은 양의 반찬이 익을 때까지 파내듯 삽으로 휘저어야 한다. 누군가의 끼니를 챙겨준다는 마음, 내가 만든 음식을 맛있게 먹어줄 거란 마음이 없으면 하기 힘든 노동이다.

조리사들은 목소리가 크다. 배식이 끝날 때까지 조리장에서는 후드 팬 돌아가는 소리와 식재료나 음식을 실은 운반카 굴러가는 소리가 끊이지 않는다. 때문에 서로 목소리를 높여 서로에게 업무를 전달해야 한다. 무거운 식재료를 반복적으로 들고 음식이 가득 든 바트를 옮기다 보면 어깨와 손, 손목이 아프지 않은 급식 종사자를 찾기 힘들다. 누구나 고질병 한두 개쯤은 몸에 달고 산다.

급식종사자의 업무 중 가장 힘든 일은 무엇일까? 10년 넘게 일하며 곁에서 봐온 내 눈에는 단연코 한여름의 세정작업이다. 조리장에도 물론 에어컨을 틀어놓는다. 하지만 세정작업을 하는 조리사 입장에서는 에어컨도 별 소용이 없는 모양이다. 허리를 약간 숙인 자세로 반복해서 몇천 개의 식판과 수저를 세척하다 보면 옷은 금세 비를 맞은 것처럼 흠뻑 젖는다. 식기세척기의 도움을 받아도 이 정도다.

하루는 빈 조리원 휴게실의 의자에 놓여 있는 주인 없는 약통을 발견했다. 살펴보니 겉면에 '식염 포도당'이란 글자가 적혀 있었다. 주인 없는 약이 아니라 조리원 모두가 주인인 약이었다. 기운이 없을 때 병원에 가서 포도당 원액을 맞는 것처럼 입으로 포도당을 복용할 수 있는 형태로 만들어진 것이 '식염 포도당'이다. 탈수되거나 땀을 많이 흘렸을 때 에너지를 보충하기 위해 조리원들이 복용하고 있었던 것이다.

앞서 이야기했듯이 영양사와 조리사는 갈등이 자주 빚어질 수 밖에 없는 사이다. 새내기 시절, 텃세를 넘어 서로 지켜야 할 예의를 넘나드는 몇몇 조리사 때문에 마음 고생이 심했지만 한편으론 나는 그들의 직업정신을 인정하지 않을 수 없었다. 몇몇 조리사는 나에게 성숙한 인간이 되기 위해 지녀야 할 덕목을 보여주기도 했다.

학교에서 식재료를 실은 차량을 기다리며 이모뻘 되는 조리사 한 분과 운동장을 바라보며 대화를 나누게 되었다.

"그러고 보니 학교 조리사로 일한 지 17년이나 됐네요. 그래도 전 오늘 아침에도 교문 들어서는데 설레더라고요. 여전히 이런 맘으로 일할 수 있다니 감사하죠."

늘 표정이 밝고 활기 찬 모습 때문에 자연스럽게 눈에 들어오는 분이었다. 하지만 이렇듯 긍정적이고 사람의 마음을 읽는 분인 줄은 몰랐다. 알고 보니 이분은 형편이 어려운 어린 학생에게 써달라며 익명으로 장학금을 기부할 만큼 따뜻한 품성을 지니기도 했다. 나도 모르게 고개를 숙이게 되는 분이었다.

이런 분이 담아주는 음식이 아이들에게 얼마나 긍정적인 에너지를 줄까? 물론 나 또한 지금껏 성실하게 영양교사로서 일을 하지 않은 것은 아니지만, 이분 앞에서는 자신 있게 말하지 못할 것만 같았다. 기본에 충실하다 보면 자연스럽게 정성이란 또 다른 세계로 들어가는가 보다.

몇 걸음 앞서 가는 마음 따뜻한 조리사에게 인생을 살아
가는 데 한 수 배운 느낌이다.

어쨌든 냉면은
진리니까요!

식단을 짤 때 고려하는 사항 중 하나가 날씨다. 살랑살랑 따스한 봄바람이 불어오면 향긋하고 쌉싸래한 갖가지 봄나물을 넣은 비빔밥, 햇볕이 따가운 느낌이 감도는 여름이 다가오면 시원한 냉면, 아침저녁으로 찬기가 느껴지는 가을이 무르익으면 노란 색감에 바삭바삭한 식감을 더한 단호박전, 살을 에는 추위가 이어지는 겨울에 뜨끈뜨끈한 떡국은 식단에서 빠트릴 수 없는 계절별 인기 메뉴다. 또한 식단에 없으면 서운한 제철 과일을 제공하기 위해서는 한발 먼저 부지런을 떨어야 한다. 한 달 전에 공급 가능한 날짜를 확인한 다음 식단에 반영해야 한다.

바쁘게 일을 하다 보면 언제 이렇게 시간이 지나갔나 할 정도로 정신이 없다. 이런 업무를 몇 년 이어가다 보면 시간에 가속도가 붙은 것처럼 느끼는 것도 무리는 아니다. 매달 식단 작성을 할 때는 사무실 책상에 놓인 탁상 달력은 늘 다음 달로 넘겨져 있다. 한 달 뒤 휴일은 언제 인지, 제철 식재료는 무엇인지, 어떤 이벤트가 있는지 하루하루를 확인하며 날짜 칸에 메뉴를 적었다가 수정하기를 반복한다.

발주까지 마무리 짓고 나면 급식을 먹을 사람들의 모습을 저절로 떠올리게 되는데, 특식이라 할 수 있는 특별한 메뉴를 제공하는 날은 음식을 만드는 내 입장에서도 손꼽아 기다려진다. 특히 관심이 가는 메뉴는 신메뉴와 계절 메뉴인데, 계절메뉴 중에서도 1년 중 특정한 달에만 제공하는 메뉴일수록 기대와 함께 걱정이 쌓인다. 잘 만들어서 제공하면 되지, 걱정할 이유가 있을까 싶기도 하지만 내가 손쓸 수 없는 사태가 벌어져 한껏 신경 써서 준비한 메뉴가 '선택받지 못할 메뉴'가 되는 일도 심심찮게 벌어진다. 바로 날씨 때문이다. 특히 한여름과 초가을에 난감한 일이 자주 벌어진다.

봄과 가을이 갈수록 짧아진다고들 하는데, 급식 현장에

서도 피부에 와닿을 만큼 느낀다. 막바지 여름에서 초가을로 넘어가는 시기는 한순간이다. 해가 갈수록 서서히 더위가 꺾이면서 신선한 바람이 분다는 느낌이 들기 무섭게, 트렌치코트를 몇 번 꺼내 입을 겨를도 없이 두툼한 겨울옷을 꺼내 입게 된다.

영양교사로 학교에 근무하면서 7~8월 한여름의 식단으로 평양냉면, 육전냉면, 토마토냉면, 초계국수, 냉메밀국수 등 시원한 면 요리를 편성했다. 다른 면 요리에 밀려 춘천막국수를 선보이지 못한 것이 아쉬워 9월에 비빔양념장과 면이 잘 비벼질 정도로만 살짝 얼린 동치미육수를 넣어 제공한 적이 있다. 그런데 막상 내놓고 보니 어린 학생들이 염려스러웠다. 9월 말의 날씨는 하루하루가 다르다. 체감 날씨가 언제 더위에서 추위로 급변할지 모른다. 어제까지 여름처럼 느껴졌는데, 춘천막국수를 먹는 오늘은 가을처럼 느껴질지도 모르기 때문이다.

영양사가 한 달 후의 날씨를 예측한다는 건 사실상 불가능에 가깝다. 장마철만 되면 엇나가는 기상예보로 청개구리가 되기 일쑤였던 기상청을 못 믿겠다는 사람들이 많다. 하지만 백 번 중 한 번 틀리더라도, 그 한 번이 누군가에겐 굉장히 인상적으로 머릿속에 각인되면 오래 남기 마런이다.

예보가 정확하면 당연한 일이고, 틀리면 제 할 일을 못한 것으로 평가받는 기상청 근무자들을 보면 참 안쓰럽다. 그래도 기상청은 슈퍼컴퓨터를 활용해 예보분석을 강화하고 예보 시간대를 더 조밀하게 제공하여 예측률을 굉장히 많이 높였다고 한다. 오류를 만회하기 위해 노력하고 나름의 성과를 이루어 낸 기상청과 달리 나는 10년 전이나 지금이나 여전히 답을 찾지 못하고 있다. 순전히 운에 맡길 수밖에 없는 처지다.

급식 결산도 한 달 단위가 기본이고, 원활한 식재료 수급을 위해 발주량을 사전에 파악해서 납품업체에 미리 이야기를 해야 한다. 고객들 또한 한 달 식단표에 익숙해져 있기 때문에 시스템을 바꿀 수 없다. 그저 월간 식단표가 확정되고 나면 날씨와 식단의 궁합이 잘 맞기를 마음속으로 기도할 뿐이다.

이렇다 보니 날씨와 관련된 특이한 징크스도 생겼다. 바로 '냉면 징크스'다. 냉면을 제공하는 날에는 비가 오는 사태를 자주 맞닥뜨리게 된다. 대학생 시절 냉면집에서 아르바이트를 했는데, 비가 오는 날이면 손님 수가 현저하게 줄었다. 가게에 일하러 가는 날 비가 오면 오늘은 손님이 별로 없겠구나 싶은 예감은 늘 적중했다.

영양사가 된 후 냉면은 비를 자주 몰고 왔다. 냉면이 제공되는 전 날, 내일 비가 온다는 예보를 보고 나면 잠을 제대로 이룰 수가 없었다. 아침에 빗소리라도 들리면 출근하기도 전에 몸이 천근만근 무겁다. 떨쳐낼 수 없는 걱정은 출근하는 차 안에서도 조리사와의 은밀한 대화로 이어진다.

"조리사님, 사내식당에 히터라도 틀어놓을까요? 덥다고 생각하면 냉면 맛이 똑같을 거 아니에요?"

"흐음…… 글쎄요."

뜬딴지같은 내 말을 진지하게 받아주는 걸 보니 조리사도 고민이 많은 모양이다.

"농담이에요. 에휴, 조리사님이 정성들여 맛있게 만들어 주실 텐데, 하필 날씨가 안 따라주네요."

"얼음 띄우지 말고, 냉면을 덜 시원하게 내는 건 어때요?"

"어쩌면 세 시간 뒤엔 비가 그치고 해가 짠 하고 나타날지도 몰라요. 냉면은 시원하게 살얼음 동동 띄워야 맛있죠. 원래 하려던 대로 살얼음 동동 띄워주세요."

자신 있게 말하고 사무실에 들어오지만, 창문을 통해

비가 좀처럼 그치지 않을 것이라 직감한다. 배식 세 시간 전, 두 시간 전, 한 시간 전, 그리고 10분 전이 되면 그제 야 마지막 희망을 접고 상황을 받아들인다. 야속한 빗줄 기를 지켜보다가 살얼음 동동 띄운 시원한 냉면이 제대로 준비되었는지 검식한다.

오늘 고객들에겐 무슨 말을 건네야 할까? "많이 더우시 죠? 시원한 냉면 준비했어요. 맛있게 드세요"가 아닌 "어 떡하죠? 엄청 더울 줄 알고 냉면 준비했는데, 비가 오네 요"로 말하면 어떻게들 생각할까?

열심히 농사를 지었건만 폭풍우나 폭염으로 농작물이 물거품이 되어버리는 일이 종종 벌어진다. 하지만 올해도 자연재해가 있을 거라며 농사를 아예 포기해 버리는 농민 은 없다. 예상할 수 없는 날씨 속에서도 1년 동안 땀을 쏟 으며 온갖 정성을 다하는 농부에 내 고민을 비교조차 할 수 있을까? 좀 더 긍정적이고 넉살 좋은 마음으로 '냉면 징크스'를 흘려보내야 할 것 같다.

"해가 쨍쨍 내리쬐도, 비가 죽죽 쏟아져도 역시 냉면은 진리죠? 맛있게 드세요."

진정한 맛집은 사계절 내내 사람들로 붐비기 마련인데, 내년에는 날씨에 상관없이 모두의 입맛을 만족하게 할 불

멸의 냉면을 만들어 보리란 굳은 다짐과 함께 밝은 인사
를 건네본다.

요리보다 해몽이 좋은
영양교사

자신이 배우고 싶은 분야를 정하고 그 세계로 본격적으로 깊이 파고들어 가는 단계. 나는 '대학'이라는 학문 과정을 이렇게 정의 내리고 싶다. 식품영양학과에 입학하고 나서 주변에서 요리와 관련된 질문이 쏟아지기 시작했다. 이제 식품영양학이란 세계에 발을 담근 기분인데 음식과 관련된 모든 정보는 속속들이 꿰고 있을 거라 여기며 나에게 쏟아지는 온갖 질문이 부담스럽고, 한편으론 황당하기까지 했다.

"이거 몇 칼로리야?"

"그럼 요리 잘하겠네? 제일 자신 있는 음식이 뭐야?"

식품영양학과를 다니는 친구나 형제자매를 둔 사람들은 식품영양학을 전공한다고 해서 요리 솜씨가 뛰어나지 않다는 사실을 잘 알 것이다. 대학교를 다닐 때는 영양학에 관한 이론과 조리 실습을 조금씩 배우는 단계에 있었기에 나는 제일 잘하는 요리는 "라면"이라 외치고, "라면도 요리야" 하며 장난 섞인 대화를 나눌 수 있었다.

　대학 새내기 시절에 받던 질문들을 영양사와 영양교사가 되어서도 이토록 꾸준하게 듣게 될 줄은 몰랐다. 질문하는 사람들은 또래 친구에서 고객, 교직원, 시댁식구들까지 갈수록 다양해졌다.

　영양사가 되고 나서 웃으면서 인사를 나눌 만큼 친숙한 사이가 된 고객은 부러운 말투로 물었다.

　"영양사님 가족들은 좋겠어요. 집에서도 매일 골고루 잘 차려 먹죠?"

　"아니요. 그냥 냉장고에 있는 걸로 대충 챙겨 먹어요."

　"그래도 요리는 잘하시잖아요."

　"못하진 않지만 그렇다고 특별히 잘하지도 않아요. 영양사의 주 업무는 식단 구성이고, 음식 만드는 일은 조리사님들이 하시거든요. 물론 레시피를 잘 알아서 요리할 때 도움이 되긴 해요."

처음 질문은 받았을 때 솔직하면서도 성심성의껏 대답해 주었다. 아무래도 고객과 영양사라는 거리감은 어쩔수가 없어서 묻지도 않은 내용까지 더해서 설명을 해주기도 했다.

영양교사가 되고 나서 교직원에게 또 비슷한 질문을 받았다.

"영양 선생님은 요리 잘하시죠?"

"그럼요. 살림 9년 차인걸요."

"그럼 집에서도 학교 급식해 주시는 것처럼 이렇게 골고루 잘 차려 드시겠네요! 전 날마다 뭐 해 먹을지 고민이에요. 오늘 저녁에 뭘 먹을까요? 혹시 추천해 주실 게 있나요?"

"아휴, 힘드신데 배달 시켜 드세요. 음식은 외식이랑 배달이 최고예요."

영양사와 고객이라는 관계와 달리 영양교사와 교직원은 동료 관계로 편안하게 농담도 해가며 대화를 주고받을수 있었다. 우리의 대화는 엉뚱하게도 요리를 벗어나 동네 맛집부터 가성비 훌륭한 반찬가게 그리고 황금 레시피로 확장되었다.

'요리사는 집에서 요리를 하지 않는다'는 말이 있다. 매일같이 직장에 출근해서 퇴근할 때까지 칼질을 하고 불 앞에서 요리를 하며 몸과 영혼을 불태웠는데, 집에 와서까지 근사한 음식을 차려 먹는 건 보통 일이 아니다. 집과 직장이라는 장소만 바뀌었을 뿐, 요리를 하면 야근을 하는 기분이 아닐까?

영양사는 요리사와 달리 직장에서 요리를 하지 않는다. 때문에 집에서 요리를 하는 것에 특별히 피로나 부담을 느끼지 않는다. 그저 집에 돌아오면 소파와 한 몸이 되고 싶은 평범한 직장인들이 느끼는 고단함을 느낄 뿐이다. 다만 요리를 잘하느냐는 질문을 들을 때마다 영양사라는 직업의 정체를 모르는 사람들이 여전히 많구나 싶은 생각이 든다.

그토록 궁금해하는 나의 요리 실력을 솔직하게 공개하자면 평균의 '맛'을 내는 정도랄까? 많은 메뉴와 레시피를 알고 있는 영양사들이 대부분 레시피에 자신감이 있을 것이다. 그대로 재현하면 먹을 만하다는 평을 받을 수 있다. 그렇지만 급식소에서처럼 5대 영양소를 골고루 포함한 식단을 구성하는 열의를 우리 집 식탁에 쏟기란 쉽지 않다.

다른 사람들의 영양은 챙기면서 정작 우리는 영양실조다.

영양사와 영양교사의 인터넷 모임에서 많은 공감을 받는 글이다. 갑작스러운 업무 때문에 저녁을 대충 때우고 초과 근무를 숱하게 하던 시절이 생각나 나 또한 격하게 동의하는 문장이다. 하지만 일 때문에 영양실조에 걸릴 만큼 입맛이 떨어진 기억은 없다. 오히려 영양사가 되고 나서 몸무게가 늘었으니 말이다.

'요리'와 관련된 질문 중 가장 난감했던 순간은, 다름 아닌 시어머니와 처음 만난 자리에서였다. 양가 상견례가 있기 전, 시어머니께 인사를 드리러 간 자리에서 아니나 다를까 직업과 관련된 질문이 나왔다.

"영양사면 요리 잘하겠네?"

"아…… 그냥 뭐…… 그럭저럭 합니다."

굉장히 당황스러웠다. 잘한다고 하기에도, 그렇다고 그저 그렇다고 솔직히 말씀드리기도 어려웠다. 그저 말끝을 흐리고 다른 이야기로 넘어가길 바랐지만, 요리를 주제로 한 대화는 계속 이어졌다. 당시 스물네 살의 나는 솔직히 요리를 많이 해보지도, 특별히 자신 있는 요리도 없었다. 시어머니의 거듭된 질문에서 며느리가 요리를 잘하길 바라는 마음이 느껴졌다. 가족이 되면 앞으로 요리도 해야 하고, 식사도 함께할 자리가 많아질 텐데…… 대화를 할수록 초조해졌다.

나도 그 당시에는 한식과 양식 자격증이 있었고, 일식도 배우고 있었다. 하지만 운전면허증이 있다고 운전을 잘한다는 명제가 성립되지 않듯이 조리 자격증이 있다고 요리 솜씨가 뛰어난 것은 아니었다. 내가 요리를 못한다고 생각한 적은 없지만, 그렇다고 잘한다고 자신 있게 대답할 수준은 아니었다.

식품영양학과에 입학한 동기들 중에는 음식을 좋아하고 요리를 좋아하는 친구들이 많았다. 하지만 나는 달랐다. 문과와 이과 중 이과 공부가 적성에 맞아 이과를 선택했고, 고등학교 3년 동안 학교 급식을 먹으러 갈 때마다 밝은 에너지가 넘치고 학생들과도 친근하게 대화를 주고받는 편한 옆집 언니 같은 영양사를 보면서 자연스럽게 그 직업을 알게 되었다. 무엇보다 어린 시절부터 심각한 편식으로 잘못된 식습관을 지닌 나를 나 스스로 고칠 수 있지 않을까 하는 조금은 엉뚱한 생각도 했다.

식품영양학과를 선택한 가장 결정적인 이유는 이 학문

이 취업하지 못하더라도 먹고사는 데 어떻게든 '쓸모 있을 것'이라는 생각 때문이었다. 적어도 훗날 내 아이한테라도 영양가 있는 음식을 만들어 줄 수 있을 거란 기대가 있었다. 돌아보면 참 단순하고 철부지 사춘기 소녀다운 생각이다.

하지만 단편적인 생각에 어쩌면 나를 꿰뚫어 본 직감이 있었던 건 아닐까 싶다. 식품영양학과에 입학하고 영양교사로 활동하고 있는 오랜 세월 동안 이 분야에서 공부하고 근무한 하루하루가 나에게 크고 작은 쓸모들로 이루어진 시간들이었으니까. 평범한 식재료가 하나둘 모여 맛있는 양념이 되고 그럴듯한 요리로 만들어지듯이 어린 시절 짧은 생각들이 궁극적으로 일의 보람과 기쁨을 느끼며 돈도 벌 수 있는 영양교사로 키워줬으니까 말이다.

따뜻한 사람의 힘,
따뜻한 밥 한 끼의 힘

IT 기술의 발전을 피부로 실감하는 시대다. 로봇, 빅데이터, 사물인터넷 등 AI 기술이 현실에서 어떻게 구현되는지 조금씩 구체적인 모습을 우리는 목격하고 있다. 소위 4차 산업혁명 시대라고 하는 이 시대에 직업인이라면 한번쯤 떠올려 봤을 물음이 있다.

'내 직업은 로봇이 상용화되는 시대에서도 살아남을 수 있을까?'

나 또한 영양사와 영양교사라는 직업이 미래에 AI로 대체되는 날이 오지 않을까 곰곰이 생각해 보았다. 유력 언론사와 연구소가 미래의 유명한 직업과 사라질 직업을 발표한 걸 유심히 보니 사라질 직업은 단순하고 반복적이고 사람과의 소통이 필요 없는 공통점이 있었다. 얼핏 영양사의 역할을 떠올려 보면 존재가 위태롭지 않을까 걱정하는 분들이 있을지도 모르겠다. 하지만 내가 지금 직장에서 하고 있는 일을 떠올려 보면 AI로는 대체하기 어려운 업무가 많다. 업무 과정에서 첨단 기술의 도움은 받겠지만, 영양사란 이 직업을 기기에게 떠맡기는 날은 쉽게 오지 않을 것 같다.

나도 어느덧 30대 중반으로 접어들었다. 흔히들 나이 들수록 세월에 속도가 붙는다고 한다. 10대 때는 하루가 길고 긴 터널처럼 느껴지는 반면, 80대가 되면 눈 깜짝할 사이 해가 지고 별이 뜬다고 한다. 하지만 영양교사에겐 평범한 사람들과는 다른 시간대가 존재하는 것 같다. 지구에 사는 사람에게만 적용되는 중력처럼, 영양사와 영양교사에게만 적용되는 시간의 가속도가 있다. 그 이유는, 영양을 책임진 사람들은 한 달 혹은 한 계절을 미리 준비해야 하기 때문이다.

앞서 말했듯이 영양사와 영양교사의 가장 중요한 업무는 무엇보다 식단을 구성하는 일이다. 식재료의 입고, 검수, 조리 준비 등 모든 과정의 시작은 바로 식단이다. 많은 사람들의 식사를 준비하기 위해서는 최소 한 달 전 미리 식단을 계획해 놓아야 한다. 가령 바람에서 칼 같은 추위가 느껴지는 2월 초에는 봄바람이 살랑이는 3월의 식단을 머릿속으로 그려야 한다. 봄기운을 담은 푸릇푸릇한 냉이, 달래, 두릅으로 고객들에게 건강은 물론 계절의 변화를 배식판 위에서나마 느끼게 해주고 싶다.

아직 한낮의 햇볕이 따가운 10월 초에도 겨울의 추위를 연상하며 따끈한 국물 요리와 김이 모락모락 나는 후식을 생각한다. 이렇듯 계절을 앞서서 제철 식재료를 식단에 반영하다 보면 남들보다 시간이 더 빠른 낯선 곳에서 살고 있는 기분이다.

게다가 요즘은 해가 거듭될수록 지구 온난화가 심해져 식단을 구성하는 데 애를 먹는다. 여름철 대표 과일인 수박은 5월 중순부터 메뉴에 넣으면 고객들에게 좋은 반응이 나온다. 평소보다 한 달 앞서 식단에 옮긴다. 반면 날씨 때문에 흉작이 들었던 대파 가격이 천정부지로 뛰어오르면 어떻게 대체해야 할지 고심한다.

과연 이런 일들을 AI가 할 수 있을까? 온도와 습도, 식재료 생산시기, 사람들의 음식 선호도 등 여러 데이터를 하나둘 축적하게 되면, 어쩌면 이 복잡다단한 일을 기기가 해결해 줄 수 있는 날이 올지도 모르겠다. 그래도 내가 영양사와 영양교사가 인간의 몫이라고 단언하는 이유가 있다.

영양교사가 되고 매일 제공했던 음식 중 하나의 식재료를 좀 더 공부해 보기로 마음먹었다. 점심 배식이 끝나면 식단일기부터 쓰고, 암기력이 좋지 않은 탓에 노트에 식재료를 그려가며 중요한 정보는 손으로 썼다. 그 모습을 가만히 보고 있던 반백의 동료 교사가 조용히 입을 열었다.

"사람들은 보통 복 많이 받으라고 덕담을 하지만, 나는 복 많이 지으라는 말을 해요. 복은 받는 게 아니라 제 손으로 지어 나가야 하는 거라고 생각하거든. 영양 선생님은 매일 사람들에게 따뜻한 식사를 준비하면서 복을 짓는 사람이니까 받는 복도 엄청날 거예요."

"그렇게 말씀해 주시니 감사해요. 근데 솔직히 저도 돈 받고 일하는 월급쟁이일 뿐인걸요. 선생님께서 너무 거창하게 말씀해 주시는 것 같네요."

"정성껏 만든 음식을 맛있게 먹으라며 배식판에 담아주는 건 선생님의 진심이 담겨 있는 거잖아요. 식판을 받을 때도, 음식을 먹을 때도 그 마음이 다 느껴져요. 그게 어떻게 돈 때문에만 하는 일이겠어요."

그 선생님의 말에 나는 엉뚱하게도 왈칵 눈물을 쏟을 뻔했다. 그 순간 잔잔하게 가슴속에 퍼지는 감동을 지금도 잊을 수 없다.

"식사하셨어요?", "언제 밥 한 끼 먹자"처럼 음식은 우리 문화권에서 인사가 되기도 하고, 사람 사이의 특별한 정이 되기도 한다. "음식 맛은 손맛"이라는 표현은 단순히 요리 방식을 이야기하는 것이 아니라 음식을 준비한 사람의 마음 또한 그 음식에 담겨 있다는 걸 뜻하기도 한다. 반백의 교사는 영양사가 지녀야 할 그 본질을 나에게 일깨워 주었다. 영양사라는 직업의 가장 본질적인 그 영역, 마음가짐과 태도는, 첨단 기술이 과연 어디까지 발전할지 모르겠지만, AI가 대신할 수 있는 것이 아니다.

바꿔서 생각하면, 그런 자세를 갖추지 못한다면 로봇보다 못한 직업이 되는 것 아닐까? 상상만으로도 끔찍하다. 비단 이 문제는 영양사만의 문제는 아닐 것이다. 어느 직업이든, 유명한 연구소에서 유망하든 가망이 없다고 판단하든 그 일의 본질을 갖추지 못한 사람의 삶에 과연 어느 무게만큼의 의미를 담을 수 있을까 싶다.

나는 식단을 계획할 때든, 배식을 할 때든 이전의 감정을 다스리고 머리를 정리한다. 복잡하고 어지러운 상념이, 피로와 나른함이 식단과 배식판에 스며들지 않도록. 그리고 밝은 얼굴로 인사한다.

"식사 맛있게 하세요."

매일 점심, 급식시간에 만나는 영양사의 의례적인 인사처럼 들릴지 모르지만, 이 말은 진심이다.

급식을 하는 동안만큼은 모든 근심, 걱정을 잊고 따뜻한 온기를 느꼈으면 좋겠다.

일하는사람 #010
오늘도 급식은 단짠단짠

초판 1쇄 발행 2022년 10월 28일
초판 2쇄 발행 2023년 4월 27일

지은이 | 김정옥
발행인 | 강봉자, 김은경

펴낸곳 | (주)문학수첩
주소 | 경기도 파주시 회동길 503-1(문발동 633-4) 출판문화단지
전화 | 031-955-9088(마케팅부), 9530(편집부)
팩스 | 031-955-9066
등록 | 1991년 11월 27일 제16-482호

홈페이지 | www.moonhak.co.kr
블로그 | blog.naver.com/moonhak91
이메일 | moonhak@moonhak.co.kr

ISBN 978-89-8392-334-9 03810

*파본은 구매처에서 바꾸어 드립니다.